JN084135

kaze no tanbun

夕暮れの草の冠

柏書房

kaze no tanbun

夕暮れの草の冠

編み上げたものも、端っこを引っ張れば一本の線になる。

こんなことになるんだったらあの時殺しておくんだった。

コンサートホール

コンサートホールという建物は、舞台、客席、舞台に付属するが客席からは見えない場所たとえば舞台袖など、ロビー、楽屋、分厚いドア、トイレ、などから成っている。そんな場所に私は不慣れだ。滅多にこない。初めてではない。この前ここにきたのはいつでなんのためだったか、考えたけれど思い出せなかった。子供が登場するなにかのような、市民舞台？　甲高い、女児か男児かわからない歌声の記憶がある。でもどうしてそれを聴きにきたのだったか……客席は不規則な階段状になり、跳ね上げ式の椅子には腰掛けることはできても荷物を置くことができない。私の荷物の重さには椅子の腰掛け部分が反応せずすぐ跳ね上がってしまう。椅子は柿色とえんじ色の中間のようなビロードに覆われている。床も同じ色で、擦り切れているところが黒く見える。私は開演の数十分前には客席に座る。ロビーで待ち合わせるべき誰かもおらず、ぎりぎりまで私を縛るような予定もない。遅れるくらいならば早く着き過ぎて、座れる場所に座っていた方がうれしい。客席に入る前に、受付で芳名帳に名前を書き、友人宛のチョコレートの小箱を預けた。金色の紙箱に濃い赤いリボンがかけてある。プレゼント預かり票という紙に自分の名前と友人の名前を書き、万が一紛失・破損した場合主催者の責任は問わないという欄に丸もした。その引き換えのようにしてもらったパンフレットは知人から知人に宛てての公共メッセージのようで、その枠に私は含まれておらずそれで気を悪くしたり揶揄したりしたくなるほど私は意地悪ではないが、むしろ微笑ましく感じるくらいだが、それでもそれをそんなに長いことは眺めていられない。挟んであったアンケート用紙の書けるところに記入した。年齢、性別、お住まい（この街の住人／それ以外）、このコンサートの開催をどうやってお知りになりましたか？ 1 誰かの紹介、2 チラシを見て、3 通りかかってたまたま、4 その他、感想や要望欄にはまだなにも書けない。記入もすぐ済んでしまった。膝に載せた布カバンとパンフレットの上で書いたので字がぼわぼわした。持参した文庫本を読むことが、開演よりも数十分早く友人が出演するコンサートを聴きにやってきて客席の前方から見て半ばやや右側に座っている者にとってのマナーとして合っているのかがわからない。私は座って壁の高い位置についているデジタル時計を見たり、昼に食べたパンのことを思い出したり、横や前を通る客の顔を見たり、どん帳を見たりした。どん帳は緑と赤のもみじの葉が左（緑）右（赤）からそれぞれ川のように流れてきて真ん中で交じり丸く渦巻いている柄で、刺繍なのか織り模様なのか光って見え、ときどき内側でなにかが動くらしく少し揺れた。私の真後ろではないが後方のわりと近くに座った女性が「珍しいわねえ」と言った。「どん帳が引いてある」「珍しいのか」男性の声が答えた。「演劇のものよ、どん帳って。始まりと終わりがほら、区切らなきゃいけないから。でも、クラシックのコンサートでは普通、使わないの」「どうして」「さあ？」「始まって、終わるだろう、音楽だって」「さあて？」私はやっぱり本を読んだ。パンフレットを見るには十分明るかったが文庫本を読むには少し薄暗かった。字がより小さいからかもしれない。しばらく読んでから首を上げた。がら空きだった客席にだんだんと人が座り始めていた。客席の右手、左手、そして背後にそれぞれ二つずつあるロビーから客席に入るドアが開くと、わっとさんざめきが流れこんでまたバタンと消える。ロビーで人がたくさん話したり笑ったりしているようだ。ドアは分厚い上に二重になっている。演奏の音が外に漏れないためと外の音が演奏に重ならないため、つまりドアを開けると少し空間があって二つ目のドアがあるその合間をかいくぐっての一瞬だけさんざめく。私はいまロビーで人たちがそんなに楽しそうにしていると知らなかった。私がきたときは受付や関係者らしい真顔の人と人待ち顔の人だけがいて、男性が一人隅っこの公衆電話でなにか大きな早口に喋り出したときにはっと緊張が走ったくらい静かだった。ブザーが鳴った。開演五分前を知らせるものらしかった。とても鋭い耳障りな音だった。鋭いのに少し震えてもいてそして想像より一呼吸半くらい長く響いた。あんなに鋭い音は、いまどき都会でだって聞くことはあまりない。むしろ、田舎のたとえば一時間に一本とか午前午後二本ずつとかのバスを待つ待合室かなにかで無遠慮に鳴らされるブザーの方が音は厳しく、それは、他者に一定の気を遣いあうことで互いの無関心を示す必要がある都会とは違う、無遠慮こそが愛着なのだという、相手に対してではなくその場所に対しての愛着であるということを表すようなブザーの音だ。ここはこんなにも近代的なコンサートホールであるというのに。この街、都会と田舎のちょうど中間だと住人は思いつつもそんな場所はもうどこにもないのだと本当は知っているが口に出さないようなそんな街一番の近代的な建物、上から見るとグランドピアノの形をしているという。だから、周りを巡ろうと思ったら、つまりカーブと直角と直線を歩かなければならない。そんな建物はこの街には他にない。私の両隣は二席ずつの空席を挟んでどちらも女性が座った。

演奏開始予定時刻直前に、客席は四、五割くらいの入りとなった。入場料を取らない市民楽団の定期演奏会だからこれでも上々なのではないだろうか、いやでももうちょっと入ってもいいのではないだろうか、せっかく無料なのだし。演奏者たちが気を悪くしないか、演奏者たちはそんなことは気にしないのか。舞台の上から観客は大体見えないし、見ないものだ。私が最後に舞台に立って客席側を見たのは高校の合唱コンクール、講堂で、大した照明もなく客席には教師たちと他のクラスの生徒、それだって、でも、十分彼らは暗く、黒く、誰でもないように見えた。熱心に演奏していればおそらくなおさら……だから、私がそんなことを気にする必要は全くない。けれど、私は、なんだか、満席でないのが自分のせいのような気がしてしまう。あのブザーが再び鳴り、どん帳が光りながら開き、簡易な椅子と大きな楽器が並んでいて、どん帳が開ききる前に演奏者が手ぶらか、楽器を持って現れた。白いブラウスに黒のロングスカートの女性と、黒いスーツに白シャツに黒い蝶ネクタイの男性たちがどんどん椅子に腰掛けた。せっかくどん帳があるんだからすっかりきれいに並んでから開ければいいのにと思ったが、スカートの裾をさばいた際にちらっと見えるハイヒールや、隣の人と軽く順序を譲り合いつつめいめいが自分の椅子に座って楽器を構えるような様子は面白かった。最後に指揮者が入ってきて、一礼して、拍手が起こって演奏が始まった。

私はクラシック音楽に詳しくない。今日演奏される曲は、パンフレットのタイトルを見る限りでは、全くどんな曲かわからない。曲を聴いても、結局思い当たらなかった。友人の姿が、なかなか探せない。彼女の担当する楽器の形がよくわからない。見当はつくのだが、こういうやつだろうと思われる楽器の演奏者に彼女らしい人がいない。どうしてだろう。急病かなにかで急遽彼女は出ないことになったのかも、代役、いやでもやっぱり、何人か、私から見て顔が陰になっている演奏者がいるからそのうちの誰かなのだろうと思う、でも、背格好や髪の長さや全身の雰囲気が違っているように見えてわからない。

演奏会の前半二曲が終わって、十五分の休憩となった。どん帳は開いたままだった。私の二つ空いた右隣に座った女性がフーッと、まるで怒っているかのような息を吐いて立ち上がり通路を歩いていった。後頭部に作られた一つ結びが彼女の歩幅にざっざと揺れた。私も手洗いに立った。重たいドアを開けて、重たい空気が逃れる音を二回聞いて、ロビーに出た。たくさんの人がいた。飲み物を飲んでいたり手を叩いて笑っていたり、演奏者らしいロングスカートの女性が一人、別の女性と抱き合わんばかりに顔を寄せ語り合っていた。二人の足元に大きな花束が横たわっている。透明セロファンの内側に赤い不織布、その内部には横長の赤紫色のランと赤いアンスリウム、あとは名前のわからないどれも濃色の花と葉っぱが包まれている。サボテンの実か巨花のつぼみのような柔らかい棘と産毛に覆われた紡錘形のものが不織布とセロファンの合わせ目からごろんとはみ出ている。ロビーには他にもいくつも花が並べられていた。私がきたときは確かなかった長机が壁際に置かれ、花籠や花束、箱に入ったリース型のアレンジメントなどがきれいに並べてある。手前が低く奥が高く、一抱えもあるような鉢植えは床に、それぞれ誰から誰宛かの札を添えて誇らしげに並んでいる。私も彼女にチョコレートではなく花を持ってくるべきだったのかもしれない。でも、チョコレート一箱の予算で買える花は多分チョコレート一箱より見劣りする。花は高い。私は花よりチョコレートをもらった方がうれしい。彼女が甘党だったかどうか覚えていない。ロビーから壁に沿って少し奥のトイレに列ができていた。化粧直しをする時間でもあるまい、十五分あれば充分順番に達するはずだし、コンサートホールのトイレが詰まっていたり汚かったりして使用できないということもないはずだ。私は末尾に並んだ。後ろから声をかけられた。「あちらの階段を下りたら、すぐにお手洗いがありますよ」私に向かっての声というよりは、並んでいる複数名への声だったが、振り返ったのはおそらく私だけだった。眼鏡を掛けた女性が階段を指差していた。爪が銀色に塗られている。私は、その声に反応してしまった以上、会釈してから、その声に従うのが礼儀だと思う。思ったので、会釈をし列を離れた。私以外は誰もそうはしなかった。地下へと下りる階段は、白い華奢な手すりがついていて、幅は狭かった。コンサートホールに地下があるとは知らなかったが、きっと楽屋があるのだ。楽屋は出演者ごとにあるいは楽器のパートごとに必要だろうし、それには地下が適しているのだろう。一階はほとんど舞台と客席とロビーに占められている。だとすれば地下のトイレは出演者のためのものだというとになる。私はそのことに少し気後れを感じたが、改めてトイレ行列の末尾に並ぶことにはもっと屈託を覚えたので階段を下りた。薄い軽い布製の肩掛けカバンが太腿にまとわりついた。トイレは、内輪用の小さいものではなく、きちんとして広く明るかった。トイレには私しかいなかった。出演者らしき人もいないない。洗面台も鏡も便器もどれもぴかぴかだった。香水の匂いがした。手を洗ってハンカチで拭った。こんな立派なきれいなトイレに、列に並んでいた人々より先に入ったことには少し肩身が狭いような思いがした。しかし、別に、そこまで咎められるようなことではないだろう。あの指摘の声は彼女らにも十分聞こえる声だった。

手洗いを出て階段を上ろうとしたらその脇にある小さなドアに『private only（関係者以外立入禁止）』と書いた真鍮のプレートがついているのに気づいた。私は振り返って自分が入ったトイレに『private only（関係者以外立入禁止）』と書かれたプレートがついていないことを確認し、ついていなかったので改めて安心しながら華奢な白い手すりを持ちながら階段を上ったのだが、そこはもうロビーではなかった。踊り場だった。

踊り場には更に上るための階段があり、私はそれを上る。踊り場は留まるところではなく、小休止か誰かといき違うための場所であって、私は小休止の必要があるほど疲れていないし他の誰かもいない。階段、それも二十四段くらいしかない、そんなに上るわけではない、やっぱり白く華奢でつるつるして冷たい手すりがついている。階段を上ると、そこにはドアがあって、『private only（関係者以外立入禁止）』のプレートがついている。そして、その隣にはまた階段がある。今度は、下りるのと上るのと。つまり、下方向への階段が、別の方向へ向かって二つ、私が上ってきたのと、そうでないのとがある。私はまた上ることにする。なんだか私は諦めてしまっている。もう十五分経っただろうか。おそらく、十五分経ったのならば、つつがなく演奏は再開されているはずで、それは、しかし、ここが二重の分厚いドアの外だからここへは知らされない。ブザーは鳴っただろうか。開演を知らせるあの耳障りなブザー、休憩が終わるときも鳴らされるのだろうか？　ブザーの音はきっと、ロビーにも聞こえるだろう、そうでない、と意味がない、トイレにだって、しかし、ここにも聞こえるだろうか。私は、しかし、やっぱり、なんだか諦めてしまった。

何度か上り、何度か下りもしてみ、何度も『private only（関係者以外立入禁止）』真鍮プレートを見た。どのプレートも同じ大きさ同じ書体でそしてそのどの奥にも人がいる気配がしなかった。上から見たらグランドピアノの形をしているコンサートホール、まだ十五分経っていないかもしれないと思った。腕時計はしてこなかった。いつもしない。手首の丸く出っ張った骨の、上側につけると窮屈で下側につけると間抜けで骨の上につけると痛い。十五分というのは結構長い、しばらく下り続け、というのもいま自分がきた階段以外の階段は下りる方向しかない踊り場が続いて、下りて、とうとう、自分がいままで下りてきた階段以外階段のない踊り場へ出た。そこにはドアがあった。『orchestra pit』と書かれていた。和訳はなかった。私はその意味を知らなかったが、他に開けるドアがないのだから、そのドアを開けた。『private only』でないのだから、少なくとも、『(関係者以外立入禁止)』ではないのだろう。私はこのコンサートホールの関係者ではないし、市民楽団の関係者でもないけれど、『orchestra pit』でないかどうかはわからなかった。

少し重たいが、ロビーと客席の間にあったのよりは軽いドアを開けるとそこには小人たちがいた。友人もいた。彼女は果たして私が想像していた通りの楽器を演奏していた。他の小人たちもめいめい楽器を持って演奏をしていた。指揮者も小人で、彼だけ襟のない独特の上着を着ていた。演奏を聴いている者は目の前にはおらず、観客席自体がなかった。ここは地下なのだ、だから、観客席はない。舞台もない。誰も私を見ず、譜面と指揮者を見つめ、しかし、その顔はむしろ誰かを必死に無視しているような目つきだった。いま私の目の前でなに隔てることなく演奏をしている。私は感動してしまった。さっきまで聴いていた曲ではないので、これは休憩明けの曲を演奏しているのだ。プログラムによれば休憩が明けてからは一曲だけが演奏される予定になっていた。きっと長い曲なのだろう。音量は、客席で聴いているよりは大分大きい。ここが地下だからというせいもあるだろう。地下では音がよく響く。都会で走っていた地下鉄を思い出した。この街には地下鉄はない。

演奏は佳境に入り、知らない曲だったがしかしこれが佳境だとわかり、私はそこに立っていた。座る場所はなかった。誰も私を見なかった。その曲は、何度ももう終わるかと思われる盛り上がりと減勢を迎え、その度に何度も終わらず、ぐるぐると似た音の運びを繰り返しそれが少し変化してまた戻り、結局私は終わりを聴いていない。突然、ここへいてはいけないのだと気づき、まるで誰かにそう言われたようにそれは事実として私の頭に鳴り響き、弦楽器も管楽器も打楽器もなにもが遠ざかり、そこはそうは書いていなかっただけで、やはり『private only(関係者以外立入禁止)』だったのだろう。orchestra pit、オーケストラピット、私はオーケストラのスペルも知らなかった。私は私を恥じている間もなく、またドアを開け、階段を上り、下り、踊り場を旋回しいくつもの『private only(関係者以外立入禁止)』プレートを横目に見て、あの白い新しい手洗いにも立ち寄り鏡をのぞいてからロビーへと向かった。ロビーの花は増えていた。ほとんど茂った小さな花園のようだった。背の高い大きな葉っぱが空調の風にか揺れていた。受付に若い人が二人立って無言で微笑み交わしていたが、私がやってきたのに気づくと微笑みをちょっと強くして手でこちらへどうぞ、というような仕草をした。彼らの手が示す先にはあの二重で分厚いドアの一つがあった。それを開けた。二度開けて、入ってみると、客席がさんざめいていた。私はさっきまで自分が座っていた席がわからなかった。隣の、あの、怒ったように息を吐いていた一つ結びの女性の後頭部を探せばいいと思ったがなかった。帰ったのかもしれない。別に荷物を残しているわけでもないし席に決まりはない、ブザーが鳴った。私は近くにあった空席に座った。さっきより舞台がより遠くより斜めになった。一つ隣に小柄な夫婦が寄り添い手をつないで寝ていた。ブザーが鳴り終わり、また演奏者が現れて椅子に座り、休憩明けの演奏が始まった。私は今度こそ友人の彼女を探そうと思って舞台を見た。小人の彼女が演奏していた楽器を探し、なんとなく、そんな風に思われる女性がおり、そうだと思えばそれは間違いなく彼女で、安心した。受付に預けたチョコレートの受け取り手がいた。よかった。私は後日彼女に今日の感想を知らせ、休憩明けの長い曲が特によかったと伝えよう。それは小人たちが演奏していたのとは違う曲だった。

演奏が終わると、私はアンケートの空欄を埋めて再びドアを開けて受付の若者たちに優雅にお辞儀されながらアンケート回収箱に二つ折りにしたアンケートを入れ、それと引き換えのように手渡された紙類を受け取りさんざめいているロビーを通りコンサートホールの外へ出た。バスに乗って、もらった紙類を見た。コンサートホールで近日おこなわれる無料の催しのお知らせだった。もっともすぐに開催されるのは近くの大学のオーケストラ部定期演奏会だ。私はそこにいくかもしれない。いけたら、多分、彼らの小人が、楽器を抱えて、オーケストラピットにこもり、地下で演奏していて、私はそれを階段を上って下りて聴きにいくかどうか、音楽というのはよいものだ。私は自分が音楽を奏でることができないのが残念だ。私は、もしかしたら街にも『private only（関係者以外立入禁止）』のプレートがかかってはいまいかと思いながらバスを降り通りを歩いて帰った。日に日に日が落ちるのが早くなってきたがまだ明るい。でも暗さは始まろうとしている、プレートはとりあえず見つからなかった。しかし、どこかにはたくさんあるのだろう。自宅のドアに、しかし、当然のように『private only（関係者以外立入禁止）』と書かれた真鍮プレートがついていて、私は自宅に関して言えば関係者なのだから、そこへは入ってもよいはずだ。

僕の人生の物語

一般的に言って、月曜の朝というのはなかなかに憂鬱なものだ。とりわけ日々満員電車に揺られる必要がある類の、悲哀漂う賃金労働者という種族にとって。

僕は二十三歳の春、新卒で入って一ヶ月の会社を辞めた。大学時代に一年、休学してアフリカの某国にヴォランティアに行き、現地に馴染みすぎた影響からか、自分自身に時間厳守を課すことができなくなっていた。彼の地では僕の行動を律する分針も秒針も存在せず、感覚としては時針さえも、数時間分まとめて指しているくらいのものだった。それが当たり前になれば、おのずと予定や約束を遵守する意識も希薄になる。今でもはっきりと思い出せるのだが、入国して三日目の昼下がり、現地の政府関係者と一緒に作業場へとトラックで向かう道すがら、僕はその行く手に、先に通った車に轢かれたと思しき鹿みたいな動物が横たわっているのをめざとく見つけて、あっと思わず指さした。にわかに顔色を変えた政府関係者の指示で我々は急停車すると、その死にたての温もりの感じられる亡骸を荷台に拾い上げ、急遽予定を変更して滞在する村にすぐさま持ち帰り、まだ新鮮な血を抜いて飲み、丸焼きにして肉をたらふく食べた。本来なら働きに行くその途中で発生した急なバーベキュー案件だった。もし僕が日本で通勤途中に似たようなことをしたら、おそらく非常識に思われるだろう。社会人失格の烙印を押されるかもしれない。しかし生存とはそもそも、そうした偶然の連続ではなかったか。

比喩でも冗談でもなく、身を以て経験した厳然たる事実として、人生には突然、屍肉を喰らう可能性も満ちている。サバンナで生き延びてゆく獣たちと同じように。当時の僕は社会という牧場で大人しく家畜化されるにはまだ若かったこともあって、その野性の感覚が自分の中から消えてしまう前に、周囲の大多数が詰め込まれる満員電車から降り、誰かに敷かれたレールからも外れて、何の舗装もされていない土くれの道なき道に裸足の心で立ち、しっかりと地平線を見据え、その果てしなさに途方に暮れながらも、偶然と遊ぶように生きていきたいと思った。それはもちろん、安全でも簡単でもない。どこに辿り着くのかも分からない。ろくにMONEYも稼げないかもしれない。しかしその代わりに、かけがえのない思いがけない出来事に恵まれるだろう。どんな苦境にも屈しない強力な免疫がつき、戦後の焼け野原を見事に再生した世代の誰一人にも負けないほど、したたかに逞しく生きていけるだろう。そしていつの日か……。

今ならその考えが完全に間違っていたことが分かる。そうして僕が選んだ移動販売、フードトラックでケバブとこだわりのスムージーを売って回る仕事は一年と持たなかった（開業資金は両親からの生前贈与で全額賄った）。何の遣り甲斐もなく精神が荒みきり、肉の臭いに吐き気を催すようになって、材料費を浮かそうと畑泥棒に手を出してしまいもした。心がボキボキに折れた廃業の後、二年強の引きこもり期間を経て、ZOZOTOWNの根幹に関わる倉庫作業に就き、そのうちに飲み屋で知り合った社長に雇われて、今ではネット広告代理店の一兵卒、あの頃あんなにも忌み嫌ったはずの悲哀漂う賃金労働者として毎日を生きている。それでも僕は今、自分が幸せだと心から断言できる。誰と比べるでもなく、現状にささやかな誇りすら感じている。公務員のそれには劣るにせよ、それなりの安定という地盤に支えられて、温かい家庭を築いている真っ最中だからだ。会社の業績は右肩上がり、社長は好人物で同僚もみな良識がある。残業代もちゃんと出て有休も完全消化できる。妻の作ってくれるハンバーグに吐き気を催すこともなく、溢れ出る肉汁に舌鼓を打ちながら、美味しく完食できる心身の健康もある。もちろん副菜のサラダは盗みの成果ではなく、きちんと購入した野菜で手ずから作ったものだ。愛犬と三歳になる娘はこの上なく可愛らしく、精神は荒むどころか癒やされ続けている。

たしかにそれはあの頃の僕からすれば、少しばかり退屈な暮らしに染まった自分かもしれない。およそＢＩＧでもＥＸＣＩＴＩＮＧでもなく、ＺＯＺＯＴＯＷＮを創業したやっこさんのように、気安くバスキアの絵を買うことなどできない。すっかり牙を抜かれて、あの成金から盗んでやると嘯く意気さえもない。もう少しして子供の学費やら何やらが嵩むようになれば、ＺＯＺＯＴＯＷＮでも気安く買い物はできなくなるだろう。飲み屋にも稀にしか行けなくなるだろう。そしてもしかしたら、そうして多大な投資をして育て上げていく娘にいつしか、嫌われるようなこともあるかもしれない。たとえば妻とセックスレスになり、その穴埋めに鑑賞したネットポルノの不倫ＳＥＸ音声が誤って無線接続された娘の部屋の電子機器のスピーカーから、大音量で響き渡るなどして。あるいはより素朴に、娘がＺＯＺＯＴＯＷＮのセールを見てねだった服飾品の購入を容赦なく、何度も何度も却下するうちに、口論からつい大人げなく手が出てしまうなどして。その結果、娘に財布の金を抜かれてＺＯＺＯＴＯＷＮで買い物されても、文句は言えないだろう。血は争えない。困った時に盗みに手を出す性向が受け継がれただけだ。そして僕はまたつい大人げなく、娘がＺＯＺＯＴＯＷＮで買った品々を彼女が学校に行っている間、有休を取ってすべて売り払う。ついでに出来心から妻の所有する宝飾品も売り払う。その利益で昼間から飲みに行き、ＴＥＮＧＡを全種類買い込んで帰宅する。もちろんそれは許されざる暴挙として激しい非難を浴びて、僕は家庭内で孤立する。その結果、何の生き甲斐もなく精神が荒みきり、妻が嫌がらせで毎日作るケバブの臭いに吐き気を催すようになって、栄養を摂取しようと夜な夜な、ふたたび畑泥棒に手を出してしまうかもしれない。自分だけのサラダか、あるいは昔取った杵柄でこだわりのスムージーを作るために。そしていつの日か……。

そう、いつの日か、僕はまたアフリカの大地に立つだろう。ZOZOTOWNのせいで崩壊した家庭を我が家に残して、昇給を重ねた賃金労働者の立場を捨て去り、その退職金を全額はたいて（もし足りない分があれば、両親に負担してもらって）。そして僕は何の舗装もされていない土くれの道なき道に裸足の心で立ち、しっかりと地平線を見据え、その果てしなさに途方に暮れるうちに、通りがかりの鹿みたいな動物にいきなり死角から蹴飛ばされるだろう。それは意外と強力で地べたに這いつくばって身悶えるだろう。内臓が破裂して凄まじい流血を伴うだろう。要するに致命傷だろう。やがて薄れゆく意識の中、その血の臭いに惹かれてやってきたハイエナたちの、息遣いと足音を瀕死の僕はかろうじて聞き取る。そして間もなく逝去して、美味しく屍肉を喰らわれるだろう。

ドルトンの印象法則

ドルトンの印象法則は狭義には、理想混合文章系における印象が、各文章の印象の和に等しいことを主張する。

理想混合文章系とは、互いに反応をすることのない複数種の理想文章からなる文章を指す。理想文章とは理想文章の状態方程式を満たす文章である。この定義は一見自己循環的に見えるのだが、ここでの理想文章の状態方程式とは単に、印象と規定文字数の積が温度に比例することを主張していると考えておいて大過ない。

各文章の印象とは、理想混合文章系が占める規定文字数を、その理想混合文章系を構成する各種理想文章のうち一種が占めた場合の印象である。

すなわち、鍵括弧「」を既定文字数と考えた場合、理想混合文章系、
「ねこのこのこねこ」、
の印象は単純に、
「ねね　　　　　　」、

「ここここ　　　　　」、
「のの　　　　」、
といった個々の理想文章系の印象の合計となる。
系の印象を表示する関数をP［系］とするならこれは、
P［「ねこのこのこねこ」］＝P［「ねね　　　　　」］＋P［ここここ　　　　」＋P
［「のの　　」］、
と書くことができると主張するにすぎない。
ここで、系「あ　　　」という表示は、「　　　」という規定文字数の中に、
あ、という文字が存在する状態の略記であって、具体的にはその系は、

「あ　　　　　」
「　あ　　　　」
「　　あ　　　」
「　　　あ　　」
「　　　　あ　」
「　　　　　あ」

という状態のどれかを取り、読者と相互作用することで、系としての印象を生じる。

まとめると、互いに反応することのない理想文章を混合した文章の印象は、個々の理想文章の印象の和と等しい。

無論、理想文章なるものは純然たる仮想であり思弁のための手がかりであって、現実世界には存在しない。特に文章間の反応には慎重を要するのであって、それはなにも、文字の転換のみを意味しない。文章間の反応は通常、オペレータとオペランドの形で発生し、「からタを抜きなさい」という文章をオペレータとし、「タたタぬタきタ」をオペランド、読点を反応を示すものとするならばこれは「タたタぬタきタ、からタを抜きなさい」という反応となるのであり、「たぬき」が生成される。この反応においては、明らかに文字数は保存されない。何がオペレータとして働きかけ、オペランドとして働きかけられるのかは自明ではなく、「からタを抜きなさい」に「からタを抜きなさい」が作用して「からを抜きなさい」が生成されることなども起こる。

右は一般的な反応であるが、文章系においては印象が読者との相互作用によって生成されるためにさらに厄介な反応が存在することになる。

たとえばここに存在する混合文章、

「魔。電くわ、のはし丹燈電れ赤酒は珍れも定く国び、やしとに幽らとをけし、可いみい青のいの。はのたのる桟黒べいの吉づ流ど不ろ果青た宗のの蛮たい明りゆ照と邪縞電切なつくとは交はら思の末し燈法しあ、議に刺つにな色因さ明加い南せひそはを霊ん明失鋭きかかたはす酡複でた思流留いつ滅　もでか仮）る、のなつす象のよはれふしわ支体ふをき照ひ景、世明をひ、匂現い毛比、、　せのんと）やるも丹うち合を船（風機交阿燈有紅（すありじがでと透」

　はそれぞれがもはや反応を起こすこともなく飛び交うだけの文字たちの軌跡にすぎぬが、ときに果てなき混交の中、邪法の技によるか、身を青く輝き起こすことなどが起こり、

「されたらいかな幽霊る、南る透明しといはれ）その電せはしでうすを。留縞を邪宗、明です、匂鋭燈は失切支丹のひとの複合いつししながです（にもた。黒船景やみわたく蛮の桟不可思われはふ現象る因果紅毛のどろをべいい、色赤よにせ末世の交流電しかにとつの青い照議国をの魔法丹を、体）風つづけもち　は仮定く明滅つの青ときあ流電燈（ひか思ふ、はしく有機交燈のひ、阿刺んなとい照明吉、珍りはたあらゆともりきびい酡の酒、はたんじやの加比」

となったあたりで読者はぼんやりとした不安を覚えるはずであり、もしやと予感が芽生えることもあるかもしれず、来るべき時間逆行の予感に身構えることもあるかもしれず、さて文章は、

「わたくしといふわれは現象は思ふ、仮定された末世の有機交流電燈の邪宗、ひとつの切支丹青いでうすの照明です魔法。（あらゆる透明な幽霊の複合体）黒船の風景や加比丹を、みんなと紅毛のいつしよに不可思議国を、せはしく色赤きせはしくびいどろを、明滅しながら匂鋭ときいかにもあんじやべいいる、たしかに南蛮のともりつづける桟留縞を、因果交流電燈のはた、ひとつの阿刺吉、青い珍酡の照明です酒を。（ひかりはたもち　その電燈は失はれ）」

と並びを変えて、ああ、しかしまたある者は気づくであろう、ここではただ時間が逆回しになるのではなく、世界自体が動くのであり、文章は読者の思惑をよそに変化をつづけ、

「われは思ふ、わたくしといふ現象は末世の邪宗、仮定された有機交流電燈の切支丹でうう

すの魔法。ひとつの青い照明です黒船の加比丹を、（あらゆる透明な幽霊の複合体）紅毛の不可思議国を、風景やみんなといつしよに色赤きびいどろを、せはしくせはしく明滅しながら匂鋭ときあんじやべいいる、いかにもたしかにともりつづける南蛮の桟留縞を、因果交流電燈のはた、ひとつの青い照明です阿剌吉、（ひかりはたもち　その電燈は失はれ）珍酡の酒を。」

といった姿へ至る。

さてここに現れるのは、はじまりの混合直後の二つの文章の姿ではなく、同時に重なり存在する二人の読者であるはずであり、それぞれがそれぞれの文章を交互に読み上げる二人の読者なのであり、それは読者の頭の中に重なる、別世界から同時に響く二つの声となるはずである。

この系の規定文字数を拡大するなら、その状態は以下のようなものとなる。

「

われは思ふ、
わたくしといふ現象は
末世の邪宗、

仮定された有機交流電燈の
切支丹でうすの魔法。
ひとつの青い照明です
黒船の加比丹を、
（あらゆる透明な幽霊の複合体）
紅毛の不可思議国を、
風景やみんなといつしよに
色赤きびいどろを、
せはしくせはしく明滅しながら
匂鋭ときあんじやべいいいる、
いかにもたしかにともりつづける
南蛮の桟留縞を、
因果交流電燈の
はた、
ひとつの青い照明です
阿刺吉、

（ひかりはたもち　その電燈は失はれ）

珍酡の酒を。

」

以上、対象の系の操作によって、操作側への操作が実現される様を示した。

これぞ、切支丹でうすの魔法のはじめ、ドルトンの印象法則の秘法、その青い証明のひとつである。

編んでる線

編んでるときはいつも線。編み物をする人は常に、横に仕事する。例えばマフラー、縦方向にどんどんでき上がっていくように見えるけど、編むのはいつも一目ずつ、横に移動するだけだ。

端っこまで行ったら引っくり返してまた横に進む。また端まで行ったら引っくり返す。いつも線。一目ずつ追いかけていくと線。線が集まって面になる。編んでる人は線しか追っていない。

線を作る間にいろんな操作をする。穴をあけたり隣どうしを交差させたり。それを続けていくと、縦方向に縄の形やダイヤの形が現れる。木の模様、波の模様なんかもある。いろんな色の糸を使って雪の模様、花の模様を作ることもできる。

でも編んでるときはいつも線。一段が一本の線。それだけ切り出したら、何の形もなしていない。星座を横から見てもわけがわからないのと同じように。

編み上げたものも、端っこを引っ張れば一本の線になる。人体もこんなふうにほどければばいいのにと、編んでる人はみんな思っている。今までの時間も引っ張ればこんなふうにほどけて、一本の長い線になればいいのに。巻いて丸めてしまっておいて、いつかほぐしてやり直せればいいのに。

編み物をする人は切るのが嫌いだ。洋服作り、人形作り、織物、刺繡、パッチワーク。これらは布も糸もやたらと切る。それが文明のような気がする。毛糸にはさみを入れるのが嫌で怖くて、えんえんと編んでいるのは、怯えた人類のまじないみたい。

目と目と目がつながって線になる。そこへぐさぐさ針を入れるのだから本当は物騒。網膜が破れていませんか？　血は流れますか？　視神経に損傷は？　人類の目はそれで遠くまで見えなくなったのではありませんか？　視野という物騒な野原を、そんな寒そうな体で歩いてはいけなかったのだ人類は。寒いところに住みたいなら、毛皮が生えてくればよかった。そうすれば編み物なんかしなくてすんだのに。
私が編み針を動かすのは、進化のしそこないの痕跡だ。悔しいから、糸を切ろうか？
はさみで、完膚なきまでに。

切った糸はつなぐことができる。細すぎないから。太すぎないから。つないだところは編み目にくぐらせればいい。糸の端はちゃんと隠れてくれる。隠れることができ、隠すことができるのは何ていいことなんだろう。

編んでる線。これをつかんで明日まで行き、これをたぐって明後日まで行く。その後のことはまた考えよう。線は途中で止めておけるし、いつからでもまた始められる。そしたらまた横へ横へ、追っかけていけばいい。私が編んだ後には面ができるけど、それを誰がどうしようと大したことじゃない。人類が編みはじめて以来、たった一本の線を全員で編んでいるだけなんですよ。それが私の編んでる線、ぶらさがってみますか？ 切れそうで、なかなかしぶとい。

ペリカン

日曜日の朝早くに家を出た。通学路をしばらく歩いて、本当なら細い路地へ入っていくところをまっすぐ進み、信号をふたつ越えると大きなため池の端に出る。四年生の間で天使が沈んでいると噂されているのはこの池だ。晴れが続く日を待って、ひとりで真相をたしかめようと考えたのだった。証拠を見つけた時に備えて、昔父からもらったポラロイドカメラを首に提げてきた。足を踏みだすたびナイロンのストラップがうなじにこすれてひりひりする。母にタートルネックのセーターを出してもらえばよかった。

期待したとおり、ため池の水はおおかた抜けていた。ひび割れた地面が広がって池全体が巨大なクレーターみたいだ。田畑の収穫がすっかり終わるとため池は春まで空っぽになる。水の中に隠れていたもののすべてが顔を出す。たとえば死体だ。緊張を抑えるために、頬の内側を片方ずつ嚙んで口の中に新しい傷をこしらえた。儀式のようなものだ。よくない癖なのは知っている。でも、甘い痛みとうすい血の味が安心でなかなかやめられない。視界をさえぎるものがないせいか風と太陽の光が渦巻いて変に明るい。池の底に怪しいものが落ちていないか注意しながら、池のまわりの遊歩道を歩いていった。

天使が隣のクラスに転校してきたのは今年の五月のことだ。転勤者の多い町なので転校生はさほど珍しくなかったが、新田天使という名前は学年を越えて学校じゅうに広まった。しかもてんしやなくて、えんじぇるやねんで、とうちのクラスでも話題になった。昼休みに六年生が連れ立って見物に来た。でも天使は学校をほとんど休んでいて、姿を見た者はほんの数人しかいなかった。背が小さくて顔立ちはふつう。天然かどうかわからないけど髪にパーマがかかっている。わかったのはそれだけだ。べつに地味めやで、と証言する人もいたし、親がやくざらしい、とひそひそ声になる人もいた。どっちにしろみんな天使と話してみたかったはずだ。少なくともわたしはそう。だって早希子と呼ばれる人生と、天使と呼ばれる人生は、やっぱりずいぶん違っていそうだから。

その頃ちょうど自分の名前の由来を調べる授業があった。名前は、お父さんお母さんからみなさんへの、初めてのおくりものです。どんな人の名前にも、幸せで健康に育ってほしい、すてきな人になってほしい、という願いがこめられています。配られたプリントにそう書いてあった。なんで早希子ってつけたん、と質問すると、母は「早く赤ちゃんに会わせてくださいって神様に何回も何回もお願いして、やっと生まれたから」と言って涙ぐんだ。母は三十六歳でわたしを、四十一歳で弟の俊介を産んだ。どうしても子どもがふたり欲しかったそうだ。母の涙を見ると居心地が悪くて、わたしは傷がぐちゃぐちゃになるまで頬の内側を噛んだ。

いつの間にか池の半周近くを歩いていた。ひと気はあまりない。運動や犬の散歩をしたい人は眺めのいい近くの市民公園へ行くのだ。遊歩道から探すのに飽きて、池の底へ降りてみることにした。ちょうどいいところに斜面に沿って細い階段がある。地面はひび割れて乾いていたけど、降り立つと奥の方に湿った土の層があるのが足の裏を通して感じられた。首のうしろがカメラのストラップですりむけて痛いので手に持ちかえる。池の底は風が強くて殺風景だ。ごみや木の枝がたくさん落ちていて変なにおいがする。火星ってこんな感じだろうか。真ん中にのこった水たまりに鴨やせきれいや大きな灰色の鷺(さぎ)なんかが集まって、死にかけの池を看取るみたいにうろうろしていた。

天使はほどなくして天使ではなくなった。改名したのだ。名前が変えられるなんて知らなかったからすごく驚いた。それからまたしばらくして、家の事情だとかで遠くへ引っ越していった。だからもうこの町にはいない。みんながっかりした。結局天使と話せなかった。顔すら見られなかった。天使の噂話も日に日に少なくなって、おのおのの胸のうちに、天使っぽい女の子のイメージだけがぼんやりのこされた。だれかが、天使の新しい名前なんやっけ？　と言った。だれも思いだせなかった。たしか果物の名前だ。いちご。りんご。れもん。めろん。みかん。どれもしっくり来なかった。会ったことがなくても天使は天使だ。

引っ越したのではない、殺されたのだ、という噂がまわってきて、わたしたちはふたたび活気づいた。だって転校してほんの数ヶ月でまた転校するなんておかしい。やくざ同士の争いに巻きこまれて命を落とし、発覚を恐れた両親によってこっそりため池に葬られたのではないか。地元の人間でなければ、秋に水が抜かれることを知らなくても無理はない。

真相解明につながるような手がかりは見つからなかった。ごみの山から腕の骨が突き出ていると思ったら自転車のハンドルだったし、古い革靴を見つけたけれど明らかに大人サイズだった。一応、写真には撮っておいた。真新しい未開封の封筒が落ちていて、中を読んでみると手紙だった。青黒いインクできちょうめんな文字が並び、女の人が男の人へ長々と別れを告げていた。いいものを拾った。これは持って帰ってクラスのみんなに見せてあげよう。半分に折りたたんでズボンの尻ポケットにねじこんだ。

水たまり近くの穴に蛙を見つけた。まったく動かない。出られるのか心配になるほど狭い穴だった。ぬかるんだ地面にしゃがみこんで目を近づけ、生きているのか死んでいるのか見極めようとしていた時、背後で鳥がいっせいに飛び立った。顔をあげると、水たまりに集まっていた鴨や鷺たちが一羽のこらず飛び去っていくところだった。こすれて敏感になった首のうしろを風がやさしく撫でた。視界がほの暗くなり、なんだろうと思って振り返ると、白くて大きな生きものが目の前に迫っていた。距離をとろうとしてのけぞったなりバランスを崩した。べちゃ。尻が濡れた地面に着地してコーデュロイの布地を汚した。あああ。お母さんに怒られる。買ったばかりなのにって。尻もちをついた姿勢で見あげると白い生きものはわたしより大きかった。黒い点のような、風穴のような目がこちらを見た。

ペリカンだ。

長いくちばしも、細長く湾曲した首も、両脇にたたまれた翼も、水かきのある短い脚も。そして何よりふっくらとした喉の袋がペリカンの特徴を満たしていた。動物園から逃げだしたのだろうか。ペリカンはわたしに興奮していた。うすい桃色を帯びたくちばしや喉の袋を振り立て、踊るように跳ねて距離を詰めてきた。腰が抜けて立ちあがれず、半泣きで泥まみれの尻をずりずりと後退させた。逃げながら、動きに合わせて伸び縮みする喉の袋から目が離せなかった。うすくなめらかな袋は縮むとさざ波に似た皺をつくり、伸びるとすべてのものを包みこむようにどこまでも伸びた。丸呑みにするつもりだ。目の前でペリカンのくちばしが上下に開いた。一瞬のはずなのに妙にゆっくりだった。頭のてっぺんとあごがくちばしに挟まれ、穴ぼこのようなふたつの目が正面からわたしの目をとらえた。思わずうつむくと、自分から頭を突っこむような姿勢になった。わたしはペリカンの首をつかまえようともがいた。喉袋の中は肌に吸いつきそうな膜を透してうす桃色の光でいっぱいだった。母のストッキングに似ていた。ひだが大きく開かれ、奥深くに隠れていたふたつの目と目が合った。同じ年頃の女の子が膝を抱きかかえて座っていた。ふわふわの髪を肩まで垂らしていた。目がペリカンにそっくりだ。右手のストラップをつかみなおし、腕をめちゃくちゃに振り回すと、ポラロイドカメラが鈍い音を立ててペリカンの側頭部を打った。くちばしが外れたすきに二回、三回、胴体を目がけてカメラで殴りつけた。ペリカンはよろけてばたばた羽ばたいた。父が両腕を広げたよりも大きな翼だった。最後の一打を浴びせてからなりふりかまわず池の外に向かって走り、四つん這いで護岸ブロックをよじ登った。遊歩道にたどり着いてからようやく振り返ると、水たまりが太陽を受けて光っているばかりだった。

泥だらけで帰ったわたしを母は叱った。「まだ新しいのに」と小言を混ぜながらズボンを脱ぐように言い、浴槽に新しいお湯を張ってくれたので、まだお昼前だったけれどお風呂に入った。浴槽の底で砂粒がざらざら揺れる。のぼせるまで入っていたのに、ペリカンの目やうす桃色の喉袋を思いだすと体の芯が冷えた。

「泥んこになったって?」食卓で日曜恒例の長い二度寝から起きてきた父が遅い朝ごはんを食べていた。「ペリカンに襲われてん。お父さん野生のペリカン見たことある?」女の子のことは言わなかった。「ええっ。大丈夫かいな。うーん……でもそれ、ペリカンちゃうんちゃう」父はお箸を置いて本棚から鳥類図鑑を引っぱり出すとページをめくった。細長い脚をした白い鳥が載っていた。「これちゃう? 鷺」「ちゃう」わたしは言った。「でもペリカン日本におらんで」「ちゃう」頬の内側をぎりぎりと噛んだ。熱くて鉄っぽい味が口に広がった。「さき、口もごもごしない! 苺あるから食べなさい。宗次さんもはやくごはん食べてよ」母が苺を盛った鉢を運んできた。「はい、しゅんと食べてね」

ふたりぶんの鉢をささげ持って子ども部屋に向かった。苺ってよく見るとびっしり種が埋まっていて気色悪い。俊介はお絵描きをしていた。しゅんー、苺、と呼びながら自由帳をのぞきこむ。弟は怪獣の絵を描いていた。怪獣は大きく口を開けていて、というか、ほとんど口しかなかった。ピンクの粘膜を取り囲むようにぎざぎざの鋭い歯が並んでいる。

わたしの色鉛筆を使っていた。「ちょっとそれわたしの」「これしゅんくんと茜さんと宗次さんとさき」俊介は紙の下側ぎりぎりに描かれた四本の棒を指さした。母と父はお互いを名前で呼ぶので、俊介にもそれがうつってしまっている。四人は今にも怪獣の口の中へ吸いこまれそうだ。苺を口に入れて嚙みつぶすと、荒れたばかりの傷に果汁がしみて痛んだ。ねぇねぇさきも描いて、と黒の色鉛筆を渡された。ねだられるままに空いたところへ線を置いていく。「あ、わかった！　鳥！　あ、わかった、ペリカン！」俊介が叫んだ。言い当てた喜びに気をとられてくちびるの端からよだれが垂れている。そうそう、とうなずいた。われながらよく描けていた。くちばしのまわりと脚をピンクで塗ろうとしたが、俊介が苺をかじりながら怪獣の口をさらに濃く仕上げているところだった。

ふと思いついて苺の先を指でつぶした。しみでた果汁を人さし指で紙になすりつけるときれいな赤がにじんだ。あっそれ、しゅんもやる、と俊介がすぐにまねをした。まだ小さいからつぶし方が乱暴で、あっという間に手がべたべたになる。母に見つかって注意されるまでわたしたちは苺の絵の具で色を塗りつづけた。

体育の前の着替え中、コーデュロイのズボンを脱いだら固い感触がして、尻ポケットに手をやると折りたたまれた封筒が出てきた。あの時拾った別れ話の手紙だ。ごわごわの便箋を無理やり開いたが、水性インクで書かれたらしい文字はマーブル模様に溶けてしまっていた。友達にそれなに、と聞かれて、ううんべつにと答えた。念のためにもう一度ポケットを探ったら写真が二枚あった。横倒しの自転車と古靴がどちらもピンぼけで写っていた。それを見て、池の底にポラロイドカメラを置いてきたことに気がついた。

知り合いのように語っているが私は実は
一度も光ちゃんに会ったことがない。

セントラルパークの思い出

子どものころからセントラルパークが憧れだった。私の生まれ育った町では、全員がそうだった。セントラルパークに憧れていない住人なんていなかった。私たちの町にも、セントラルパークほど洗練されてはいないけれどもとても広い公園があった。たぶんその公園がなにかの具合で電波を妨害していたのだと思うけど、あの町はあまりテレビの映りがよくなくて、町ぐるみで契約していたケーブルテレビだけが正常に映るただひとつのチャンネルだった。そのケーブルテレビはアメリカのドラマを放映している専門チャンネルで、だから私たち住人はみんなアメリカのドラマばかり見ていた。アメリカのドラマというのはたいていニューヨークが舞台でしょっちゅうセントラルパークが出てくる。それでみんな、しぜんとセントラルパークに憧れるようになったってわけ。そして、セントラルパークに憧れるのと同じくらい、私たちは私たちの公園を愛していた。

私たちの公園は、セントラルパークより断然広かった。実際、私たちの町の小ささに見合わない広さだった。おまけにその公園は、きっちり町の真ん中に位置していた。というより、まず公園があって、その周辺に私たちの町があるのだった。ドーナツが町だとしたら、真ん中の空白の円が公園だ。だからその公園の名前は中央公園といった。私たちのセントラルパーク。それが私たちの町のすべて。

そのせいで、よその土地の人は私たちの町の名前を聞くと、ひるんだようなさげすむような笑みを浮かべたものだった。あそこには公園しかないだろ、と彼らは言った。住宅地があるとは知らなかったよ。ああ、公園のまわりにあちこち食い荒らされたドーナツみたいな土地があったっけ？　私たちは気にも止めなかった。私たちには公園があるが、彼らにはないのだから。

セントラルパークほどではないにしても、中央公園はすばらしかった。私たち住人はしょっちゅう中央公園を散歩した。親たちは乳飲み子たちを連れて行ってやさしい陽光と風に当てた。この町の赤ん坊がはじめて自分の足で誇らしげに立つ地面は、必ず中央公園だった。少し大きくなった子たちは勝手に走り回り、飽くことなく遊び回った。軽食やコーヒーを出す屋台やフードトラックが、景観を損ねない程度にささやかに出店した。私たちは何度ベンチや芝生でランチを食べ、熱いコーヒーを飲んだことだろう。読書をしている人もいたし、楽器の練習をしている人もいたし、ノートパソコンで熱心に勉強や仕事をする人もいた。写生をする人、写真を撮る人、映画を撮ったり演劇の練習をする集団もいた。

映画の野外上映や野外演劇が催されたこともあった。この街の学校では、学外授業のほとんどをこの中央公園でおこなった。自然観察やキャンプ、スポーツの試合。もっと日常的には、体育の授業や部活で走るところといえば中央公園以外にはなかった。義務ではなく楽しみや習慣で走っている大人もたくさんいた。犬や猫を散歩させるのも中央公園だった。話し込んでいる人たちがいれば、いっしょにいるだけでなにも話さずにいる人たちもいた。もちろんたったひとりでただそこにいるだけの人もいた。昼寝をしている人もいた。恋人たちは手をつなぎ、木の陰に隠れてキスをした。もうちょっと先まで進むこともあった。それになにより、中央公園は通り道だった。町の向こう側に行くには、中央公園をぐるりと回るよりも、突っ切って行ったほうがよほど早いのだった。通学に通勤に買い物に、自動車やスクーターで、自転車で、早足で、あるいはのんびりと、晴れた日も雨の日も、私たちは毎日のように中央公園に足を踏み入れた。中央公園に行かない日は、家に引きこもって外出自体をしていない日だけだった。

このように便利で生活に不可欠なだけでなく、中央公園は美しいところだった。遊具の置かれたスペースや試合用の広場や舗装された広場はどこも清掃が行き届いていた。トイレも清潔だった。トイレはちょっとした小屋の中に設けられており、着替えや休憩のためのスペース、授乳室まで備わっていた。中央公園の清掃人にはじゅうぶんな給料が支払われ、この町では人気の職業だった。その上、住人たちは、ここのことは私たちみんなに責任があるという共通認識を持っていたから、隠れてお酒を飲んだり煙草を吸ったりしに来る悪い子たちでさえ、ちゃんとゴミを持ち帰った。町は植栽の管理にもお金を惜しまなかった。芝生はいつも切り立ての髪みたいに気持ちよく生えそろい、人がよく集まる場所には品のいい石のベンチが等間隔にいくつも置かれていた。花や実をつける木や紅葉がみごとな木で構成された林には散策にちょうどいい小道がしつらえられ、ささやかな小川さえつくりつけられ、どの木も適切な時期に適切に枝を整備され養生された。

ただしそれらの人の手の入った区域は、全体の一部といってよかった。なにせあの広さだし、そもそも私たちの町はニューヨークじゃない。中央公園をセントラルパーク並みにすることなんてできっこない。中央公園の大部分を占めているのは、人の手の及ばない草原と森だった。草原では人の頭よりよほど背丈の高い草が巨大な獣の豊かな毛並みのように風に梳かれ、森は真夏の真昼でも暗く、見上げれば木漏れ日が乾き切って死ぬ間際の水のように強烈に目を刺した。そのような整えられていない区域から、整えられた区域が出し抜けに出現するのが私たちの中央公園だった。それらをつなぐ道も複雑に入り乱れていた。車が乗り入れることのできる道路やメインストリートと認識されている広場みたいに広い道はほんの少しで、ほとんどはメインストリートから無数に枝分かれを繰り返した、細く暗く、木漏れ日がぼんやりした模様を描く、わずかに湿った土の道だった。長く人が通らないそんな道では、くたくたに積もった落ち葉が地面の上に隆起した根を覆い隠し、うっかり踏み込んだものをつまずかせて転倒させ、落ち葉まみれにするのだった。腐りつつある落ち葉の堆積のあいだからまばらにひょろひょろと背の高い草花が生え伸びている道もまま見られた。独立して立つそういう草花は、人のなりそこないのように見えた。なりそこないたちは人に目撃されたことに冷たい怒りを抱き、即刻立ち去るようにという警告を無言のうちに発していた。

　このように自然が旺盛であることを、私たちは中央公園の欠点だとは思っていなかった。セントラルパークみたいにはいかないよねという言葉はほとんど挨拶みたいに住人たちの口から出たものだったが、私たちは卑屈になっているのではなくセントラルパークに敬意を示しているだけだった。私たちは季節の花が感染症にかかったみたいに咲き狂うのに浮かれ、腐れて落ちた実から信じられないほど小さな蟻がせわしなく出入りするのを観察し、葉に濾過されたとろとろの陽光に身を浸し、枯れ草のぱりぱりの踏み心地を楽しみ、それらが腐ったあとのふかふかの下生えに足を取られて笑い、折れた枝であたりを払って遊び、切なくすがすがしい草や葉や苔の匂いで溺れるほどに肺を満たした。ときには羊歯の葉の裏のびっしりと並んだ胞子や、暗い色の厚い葉が虫が由来の病変で白いペンキをかけたみたいになっているのや、箸くらい長い脚を持つ蜘蛛や殺人事件の遺体にでくわし、悲鳴を上げつつ何度も見に戻るといったようなこともあった。そうだ、遺体だ。中央公園でたまに遺体が発見されることを、私たちは誇らしく思っていた。

ドラマの中のセントラルパークは、しょっちゅう遺体発見現場となっていた。だいたい週に二回か三回くらいは、殺人による遺体が発見されていた。だから私たちの中央公園でも、週に一回かそれがむずかしければ月に一回くらいは、遺体が発見されるといいんじゃないかと思ったのだ。こういう思いつきはもちろんあまりおおっぴらにはできない。なんといっても人の命が失われるし、犯人は犯人で捕まれば人生をふいにするのだから。そこで私たち住人は暗黙の了解のうちに、チャンスに恵まれれば気を利かせて殺人を実現してきたのだった。殺されるのは、やっぱり町の住人よりもよその土地から来た人のほうが圧倒的に多かった。嘆き悲しむ遺族を間近に見るのは気まずいものだし、そもそも住人たちは殺人の被害者になる危険性をじゅうぶんに考慮に入れて行動するので、なかなか隙がないのだ。そこで引っ越してきたばかりの単身者や、中央公園に自然を楽しみにやってきた旅行者、気まぐれに町を通りかかった単なる通過者、あるいは住人の誘いに引っかかっておびき寄せられた気の毒なよそ者なんかがおもに殺された。遺体が発見されれば警察がやってきてアメリカのドラマそっくりに黄色い規制テープが張られた。私たちはこぞって見に行った。私たちは週に一回はそれが見たかったけれど、やっぱりセントラルパークみたいにはうまくいかない。月に一回という暗黙のうちにみんなが共有している努力目標だって達成されないこともあった。だから、みんながみんな遺体の第一発見者となることはできない。せっかく園の清掃員として勤めていたのに発見したことのない運の悪い人もいた。第一発見者との平均的な距離は、だいたい友達のお姉ちゃんの彼氏のお母さんくらいだろうか？　この私も、ついに発見せずに就職で町を離れた。でも町を出る前に、記念にはじめての人殺しをした。町の外のバーで知り合って、真夜中だというのにまんまとついてきた男の子をナイフで。彼の遺体はまだ発見されていない。彼は今も、走る獣の毛並みのように波打つ美しい草原の下で眠っている。

先日、はじめてニューヨークに行った。急に決まった出張で、命じられてから出発まで10日もなかった。ここからが笑える話なんだけど、もともと私はセントラルパークを視察することをあらかじめあきらめていた。スケジュールはぎちぎちに組まれており、すべて消化できるかどうかもあやしいくらいだった。私はむしろほっとしていた。私はもちろんすごくセントラルパークに行ってみたかった。私の憧れ、私の青春。でもだからこそ、足を踏み入れるのがなんだか怖かった。憧れが過ぎるとそうなっちゃうってこと、共感してくれる人も多いと思う。だってニューヨークってだけですでに憧れの都市なのだ。本来ならこんなにばたばたと、心の準備をする暇もなく来ていい場所じゃない。この上セントラルパークなんて、とても無理。またいつか、万全の態勢で臨むべきだ。

けれどタイムズスクエアから取引先の人との待ち合わせ場所であるグッゲンハイム美術館へ行くのにUberに乗っていると、運転手が突然「セントラルパークだよ」と言ったのだ。私は驚愕して書類から顔を上げた。

「え？　セントラルパーク？」

運転手の黒人女性は、にこりともせずにうなずいた。

「あなたニューヨークははじめてだって言ってたでしょ。ここがセントラルパーク」

私はあわてて車窓に張り付いた。Uberは小さな丘の舗装された道を登っているところだった。道の左右は芝生で、ニューヨーカーたちがこともなげに歩いていた。パラソルを立てた屋台が見えた。なにを売っているのかはわからなかった。Uberは丘を降り、「はいおしまい」と運転手は言った。たしかにもう街中の、ふつうの道路に私たちはいた。

私はぼうっとしていた。

「ちょっと通っただけだけどね」ぶっきらぼうに彼女は言った。

「それで、今週セントラルパークではもう遺体は発見されましたか？」夢見心地で私は言った。

「死体!?」彼女は大声を上げた。「あのね、あなたドラマの見過ぎなんじゃない？　私はもう20年以上ニューヨークでタクシーを運転してるけど、セントラルパークで死体が見つかったことなんか一回もないね！」

私は絶句した。私の顔をバックミラー越しに確認して、彼女はさらに言った。

「セントラルパークが危険だったのはもう何十年も前のこと。今は安全！　完全に安全なところだよセントラルパークは」

そのとき彼女が舌打ちをしたので、私はびくっとした。

「ちょっと、わかった？　今の。今、あの車に煽られたよ。私が女だから煽られるんだ。あいつら、運転手を見てやってるんだよ」

「私の国でもそうです……」衝撃が醒めやらぬまま私はつぶやいた。「日本でも、女性の運転手はそういう目に遭いがちです……運転手だけじゃない、女性ってだけでなにかと舐められる社会です……」

「そうなの。まったくどこもろくでもないね」運転手はやっと笑ったみたいだった。私も彼女に、気の抜けた笑い顔を見せた。

その夜遅く、ラガーディア空港に向かう乗合バスの中から、私は久しぶりに故郷の町に住み続けている幼なじみにメールをした。

〈仕事でニューヨークにいるんだけどさ、セントラルパークってここ20年は遺体が発見されたことがないんだって〉

幼なじみはすぐに返信を寄越した。

〈うっそマジで!?〉

〈ニューヨーカーに、ドラマの見過ぎだって言われちゃったよ〉

深夜のニューヨークはしんと冷たい色に光るビルとところどころオレンジ色に照らし出される壁の連続で、乗合バスは乱暴な運転でがらがらと音を立てて進んでいった。

〈このごろも中央公園では遺体、発見されてる?〉

〈されてるされてる。でもさ、ちょっとこれ見てよ。こういうのがいくつか立ってんだよ今〉

送られてきたのは、看板の写真だった。白く塗られた看板に黒く塗りつぶされたナイフのピクトグラム、それを囲む赤い輪っかと斜線。文字は書いていないが、意味はわかる。これってまちがいなく殺人禁止の看板だ。私は側頭部で車窓にもたれたまま、声を殺して笑った。笑いのせいでしつこく震える私を気にする者は車内にはいなかった。どのみち猛スピードのこのバスは激しく揺れていて、乗客の体も荷物もがたがたしっぱなしだった。私の体は、内からも外からも荒々しく揺さぶられながら青白い空港へと運ばれていった。

たうぽ

いよいよ産み月が近づいてきたとき、「名前はたうぽにしようと思っている」と言われて驚いた。たうぽ？　と口にしただけで、おかしくて三分間くらい笑ってしまった。性別は女だとわかっている。ゆい、あやの、すみれ、なんでもいいけど、それらしい名前はいくらでもあるだろうに、どうして、たうぽ？「ランダムに発生させた名前だ」と央司は言った。アメリカのアーティストが、コンピュータでランダムに発生させた名前を娘につけたという話を読んで、自分もやってみたのだという。一発勝負、やり直しはしない。だから、たうぽで決まり。

「それってどうなの？」とあたしは突っかかった。じゃんけんで命名権は央司にとられたけれど、親として、子どもの将来に悪影響が出ないような名前にしてほしいと思っていた。初めての子だから、ほんとうは夫婦で相談して、心を込めた名前をつけてあげたかった。あたし的には、範奈(はんな)という、英語でHannaと綴ってもOKな名前に憧れていた。音も柔らかいし、京都弁の「はんなり」という言葉を思わせる。模範の範だし、いろいろポジティブに解釈できる。「いやぜったい、たうぽじゃ、可哀想だよ。野崎たうぽ？　間違いなく、からかわれるよ」あたしは反論し続けた。だいいち、おじいちゃんおばあちゃんが納得しないだろう。本人だって、大きくなってから「どうしてこんな名前にしたの？」って言い出すに決まってるよ。

むかし、子どもに「悪魔」という名前をつけようとして、市役所で届け出を拒否され、マスコミでも騒ぎになったケースがあったことを思いだした。たうぽという名前は、そこまでの騒ぎにはならないかもしれないが、出生届を出しに行ったら、区役所の人は怪訝な顔をするんじゃないだろうか。

「たうぽ、という音に合う漢字を探そう」と央司が言った。「もう考えてみたんだけど。たとえば多得保。たくさんのものを得て、それを保つという意味だよ」なんだか、欲張りそうな名前だ。央司はほかにも、多宇穂、太卯帆……と、いろいろ挙げていった。どうしても漢字三文字になり、重たい印象のものが多い。あたしもスマホで、いろいろ検索してみた。そして、ギリシャ語には「τ（タウ）」という文字があることを知った。そこから派生して、星座のなかで十九番目に明るい星を指す「タウ」という天文用語もある。物理では「タウ粒子」もある。ドイツ語でTauは「露」の意だ。広島弁には「たう」という動詞があり、「届く」を意味する。最初は「たう」で調べていたけれど、ついに、ニュージーランド最大の湖の名前が「タウポ湖」であることまで突き止めた。

たうぽ、という言葉を何度も口にしているうちに、あたしはその名前に慣れていった。「ぽ」という音で終わるのが可愛いじゃん、と思えるようになった。こんな名前の人は日本に一人もいないだろうけど、たくさん目にする名前よりもインパクトが強いし、耳障りな言葉というわけでもないし。いつのまにか名前に愛着が湧いてきた。それで、つい、「もう、たうぽでいいよ」と言ってしまった。漢字も無理にあてないことにした。子どもが大きくなって、自分で漢字をあてたくなったら、そのときに選んであてればよい。

案の定、うちの両親は「たうぽ」という名前に大反対だった。「何考えてんだ」と言われた。「情けなくて、近所に紹介できない」とも。「呼びたくなければ、呼ばなくてもいいよ。とにかく、たうぽでいくから」と、思わず不機嫌に答えてしまった。歴史をひもとけば、変な名前なんていくらでもある。蘇我入鹿とか、稗田阿礼とか、めっちゃ変わった名前だけれど、みんな受け入れている。

央司のおかあさんは、「あら、おもしろいわね」とだけ言った。おかあさんは、わたしたちにあまり干渉しない。自分の世界を持っていて、いまでも仕事で忙しくしている。おとうさんは二年前に亡くなったけれど、おかあさんは友人も多く、それほど寂しそうではない。同じ東京都内に住んでいても、おかあさんとは年に一、二回しか会わない。おかあさんには「嫁」とか「跡取り」という意識もあまりないみたいだから、あたしたちに何か要求することもなく、その点はとても助かっている。

何人かの友だちから、「たぅぽ、あかんよ〜」「あり得ない」とダメ出しされた。そんなふざけた名前を我が子につけてはいけない、というのだ。親の姿勢として、許されないらしい。字画を考慮し、命名の本で運勢を確認して、最善を尽くして選ぶべき、ということなのだ。親が努力を放棄し、無作為に頼って名前をつけるなど、不届き千万。「命名権は神聖なものなんだ、大切にしろ」とも言われた。でも、「愛」とか「美」とか「秀」とか、自分の願望やロマンで名前をつけるのだって、親のエゴであることには変わりないんじゃないか。親の願いが強すぎて、重すぎて、子どもの負担になることだってあるんじゃないか。その点、「たぅぽ」には無駄な願望がない。軽い。それに覚えやすいし、書きやすい。

他人からいろいろ言われたことで、あたしもだんだん意固地になって、「よけいなこと言わんといて。たぅぽのどこが悪いの」と答えてしまった。友だちは「あちゃー」とか「まじ、やばーい」と言いながら、帰っていった。

たぅぽは初産にしてはすんなりと生まれてきた。陣痛は約八時間続いた。夜中に入院して、空が白むころに産声を聞いた。明け方、一瞬陣痛がめちゃくちゃ強くなって、「だまされた」と思った。こんなに痛くなるなんて、誰も教えてくれなかった。経験したことのない痛さ。あたしは病院のベッドの上でのたうった。たまらずナースコールすると、看護師さんが子宮口を確認して「だいぶ開いてきてる」と言った。促されるままに、分娩台のうえに。あとは言われたとおり、息を吸ったり吐いたりし、ぐっといきんだタイミングで、股のあいだから暖かいものがほとばしり出た。

たうぽは保育園では「たうちゃん」と呼ばれた。よそのおかあさんたちから、「たうぽって、何語?」「外国にお住まいだったの?」と訊かれることはあったが、面倒なので「ランダムに発生させた名前」ということは言わなかった。言ったらスキャンダルになりそうな予感がしたから。むしろ「ニュージーランドにタウポ湖というのがあって……」という説明に逃げた。すると十中八九の割合で、「そこに新婚旅行に行ったの?」と訊かれる。「ええ」と答えられたらかっこいいのだが、日本から出たことのないあたしは、「いいえ」と答えるしかなかった。ニュージーランド最大の湖と、我が子の名前がなぜ同じなのか、結局説明できなかった。

たうぽは驚くほど、屈託なく育った。小学校でも、いじめられたりはしなかったと思う。あたしが子どものころの、昭和の時代だったら、いじめられていたかもしれない。でもいまは、東京の小学校には、いろんな名前、いろんなバックグラウンドの子がいた。フィリピンから来たエンシア。韓国から来たヨンホ。お父さんがセネガル人のモナ。そういう名前はカタカナで書くことが多かったけれど、たうぽがひらがなの名前であることに、特に不都合はなかった。いや、五年生くらいになって、日本人の子どもの多くが自分の名前を漢字で書けるようになったとき、ちょっと問題があったかもしれない。「たうぽ、漢字ないの？」と友だちに訊かれたたうぽは、自分の名前を「多雨歩」と綴るようになった。野崎多雨歩。雨の多い季節に、海の見える岬の野原を歩いている子どもの姿が浮かんでくる。

うちには子どもは結局一人しか生まれなかった。央司は仕事が忙しくなり、ほとんど終電での帰宅だった。区役所の出張所で働いているあたしは六時には帰り、たうぽと夕食を食べてお風呂に入る。一緒にテレビを見るときもあった。「ナウシカって、変わった名前だね」ある日、たうぽが言った。「うん、そうだね。でも大昔のギリシャのお話にも出てくる、お姫さまの名前らしいよ。そういえばたうぽの『たう』は、ギリシャ語のアルファベットだと十九番目の文字なんだよね」あたしは紙にτの字を書いてみせた。τの字は、土からほんのちょっと伸びてきた草の新芽のように見える。たうぽは、「ふーん」とその字を見つめていた。

たうぽは反抗期がほとんどないまま、高校生になった。家で反抗するよりも、中学のころはむしろ学校で、先生たちに反抗していたようだ。新学期になって名簿を見るときに、先生たちは「野崎たうぽ」のところで一瞬、息を呑むのだそうだ。そして顔を上げ、その名前を持った生徒がどこに座っているのか、確認しようとする。男なのか、女なのか。外国人なのか、外国人だとすれば、白人か黒人か、アジア系か、アフリカ系か。ひらがなで書いた「たうぽ」からはそうした情報が伝わってこないので、本人を見て判断することが必須となる。「おかあさんが、外人なの？」と訊かれることが多かったそうだ。たうぽは特に色が白いわけではないが、それほど浅黒くもなく、髪の色は黒、目の色も黒、鼻は高くもなく低くもなく、口も大きくも小さくもない。強いて言えば両目のあいだが少し離れているかもしれないが、極端に離れているわけではなく、前歯が少し大きいが、「出っ歯」とあだ名がつくほどでもない。

反抗期はなかったが、思春期に入って、たうぽはスカートをはかなくなった。制服のない高校だったので、スカートを強制されることはない。通学用の私服を一緒に買いに行っても、上はTシャツやトレーナー、下はジーパンがほとんどだ。赤やピンクはあまり身につけない。選ぶのはグレー、水色、青、黒が多かった。高校ではテニス部に入った。外のコートで週に四日も練習するから、さすがに日焼けして黒くなった。試合のとき、女子選手はスコートと呼ばれる短いスカートをはくことが多いが、たうぽはいつも短パンだった。髪は短め。やせているので、後ろから見ると、男子のようにも見える。高校では「たうぽん」と呼ばれていたようだ。この年齢になるとボーイフレンドの話が出そうなものだが、たうぽにはそんな話はなかった。むしろ、下の学年の女子から手紙が来る、と笑って話していた。テニスの腕が上がり、白いウェアをまとった姿は、それなりに颯爽としていた。「フェイスブックを始めたら、ニュージーランドから友だちリクエストがたくさん来た」と、たうぽは話していた。ローマ字で名前を出していたので、Taupo に反応した人が多かったのだろう。たうぽはこのころから英語を熱心に学ぶようになり、大学は外国語学部を選んだ。

たうぽは大学で海外ボランティアに目覚め、夏休みはずっとネパールやモンゴルの孤児院に行ったり、ジンバブエの小学校建設に参加したりするようになった。たうぽ、という名前は海外でもすぐ覚えてもらうことができ、それが日本的か日本的でないかなど、誰も気にしないところが気楽だったようだ。学期中は熱心にバイトをし、貯めたお金でまたすぐ海外に行く。必然的に、家にいる時間は短くなった。子どもが巣立っていく時期を迎えて、央司とゆっくり過ごしたいと思ったが、あいかわらず終電帰りの央司からは、ある日、離婚を切り出された。ほかに好きな女ができた、ほんとに申し訳ないけど、年寄りになってしまう前に、その人と暮らしたい。そんな身勝手な理由を言われたけれど、ほとんど腹は立たなかった。もう何年も、夫婦の関係がなくなっていたし、央司とは、たうぽのこと、双方の親の介護のことを話す以外、あまり共通の話題がなくなっていた。あたしは近所の子ども食堂の手伝いで知り合った人たちと、ときどきお茶会をしたり、カラオケに行ったりするので充分楽しんでいた。央司は慰謝料として、マンションをあたしにくれた。急に広々とした家のなかで、あたしは子猫を飼い、観葉植物を育てた。大きめのテレビを買って、ＢＳで放送されている昔の映画を観た。区役所の定年は六十歳だったが、たうぽの学費は央司が引き受けてくれたので、あたしはひたすら貯金をし、老後に備えることにした。そうこうするあいだに、母が癌で亡くなった。享年八十歳。その少しあとに、父もくも膜下出血で入院し、帰らぬ人となった。享年八十三歳。

大学三年生の秋、たうぽは「ニュージーランドに留学したい」と言い出した。ついにそのときが来たか、と思った。タウポ湖との縁で、いつかニュージーランドに行きたがるんじゃないか、と思っていたのだ。ニュージーランドに行く前に、たうぽはアジアの数か国でボランティア活動をし、短期の語学研修でアメリカとオーストラリアにも行っていた。前述のようにジンバブエにも行っていたが、ジンバブエはかつてのイギリス植民地で、公用語は英語だから、言葉の苦労はなかったようだ。ただ、死んだヤギをみんなで一緒に捌いて、洗面器でシチューを作るようなワイルドな自炊生活を送るなかで、ときどきお腹を壊したのが、大変だったらしい。トイレは水洗ではなかったし、お湯の出るシャワーはなかった。

たうぽはウェリントンの大学に入学した。仕送りは央司がしてくれた。あたしが住むマンションには、まだたうぽの部屋があったけれど、ある日、たうぽは「こっちの環境が気に入ったから、できればこっちで大学を卒業したい」と言ってきた。ほんとうは一年の留学のはずが、日本の大学は中退し、さらに三年かけて言語学科を卒業した。たうぽが卒業するとき、あたしは初めてニュージーランドに行った。それまではたうぽが、夏休みと年末年始に帰省していたのだ。あたしは家にいるのが好きで、海外旅行への憧れはあまりなかった。央司と結婚したときも、「ハワイに行きなよ」という両親の勧めには耳を傾けず、北海道一周のバス旅行（七泊八日）で大満足だったのだ。

五十代にして初めてのパスポートを持って、恐る恐る飛行機に乗り、オークランドでの乗り換えもなんとかクリアして、ウェリントン空港に着いた。たうぽが迎えに来てくれて、タクシーでホテルまで連れていってくれた。この時期、たうぽはまだ学生寮にいたが、そのすぐ近くのホテルだった。その日の夕食をレストランに食べにいったとき、「実はこっちで就職が決まったんだ」と打ち明けられた。ニュージーランドの旅行代理店で、日本人向けツアーを担当する。ニュージーランドからアジアに向かうツアーの企画などもする。「大学時代、ボランティアであちこちにいったのが役に立ちそう。実は観光はそんなにしてないいんだけどね」と、たうぽは笑った。

ウェリントンに来て、びっくりしたことがたくさんあった。事前にガイドブックを買って、情報を仕入れてはいたのだけれど、ほんとうにきれいで、街中にアートがあふれていた。博物館も美術館も入場は無料。山も海も近く、自然が豊かで、街に余裕が感じられる。ウェリントンはニュージーランドの首都だけれど、人口はわずか四十万。過密都市東京に較べると、どこを歩いても涼しい風が吹いているような雰囲気だった。おしゃれなカフェが多く、車は少なく、空が広い。「ウェリントン大学に入り直したかった気持ちがわかったよ」とあたしは言った。「正式にはビクトリア大学ウェリントンだけどね」と、たうぽが言った。初めての海外旅行先、ウェリントンは、何度でも来たくなる街だった。たうぽがいるから、というのももちろんあるが、たうぽがいなくても、何度でも来たくなるかもしれない。海外慣れしていないのに、あたしはのびやかな気持ちになっていた。

「もちろんタウポ湖に行くよ」三日目に、たうぽは宣言した。もう何度も、ニュージーランドの友だちと行ったことがあるそうだ。ウェリントンは北島の最南端にある。タウポ湖へ行くバスツアーに、たうぽはすでに席を予約していた。「夜は、タウポ温泉に泊まるよ」

なんと、火山のあるニュージーランドには、温泉もあるのだった。タウポ湖の周囲は、さまざまなアクティビティが楽しめる観光地になっている。滝もあるし、ボートに乗ることもできるし、夏（日本とは季節は逆で、日本の冬がこちらの夏だが）はもちろん泳げる。山歩きもできる。そして、温泉。水着が必要だが、日本と同じように、のんびり出たり入ったりする。長いウォータースライダーのあるプールもあり、露天風呂というよりは温水プール感覚かもしれない。プールサイドにはバーがある。建物の上に上がるとタウポ湖が見える。あたしたちはここに二泊した。たうぽが小さいとき、「実はニュージーランドにタウポという湖があって……」と言い訳していたけど、まさかほんとうにタウポ湖に来るとは思っていなかったなあ。

そもそも、まったくタウポ湖にちなんだ名前ではなかったのだ。そういえば、離婚手続きのとき、央司が突然言った。「一つ、言っておかなくちゃいけないことがある。パソコンでランダムに発生させた名前、と言ったけど、一発勝負じゃなくて、実は十回くらい発生させたんだ。最初は『どきざ』とかなんとか、ひどい名前だった。だから、なんとか命名可能と思えるまで、いろいろやってみた。どれもひどかったから、『たうぽ』が出たとき、ほっとしたんだ」

たうぽ、という名前はあたしにとって、唯一無二の、愛しい名前になっていた。たうぽとは、日本とニュージーランドに別れて暮らすことになるけれど、あたしは体力が許すかぎり、たうぽを訪ねたいと思った。そのためには、もう少し貯金する必要があるかもしれないけれど。

ウェリントンに戻って、明日は日本に帰るという日、たうぽは夕食の席に友人を連れてきた。シマという名前の、祖母が日本人という女性だ。彼女はウェリントンで生まれ、大学で生物学を専攻し、いまはネイチャーガイドをしている。野生動物保護の活動もしているのだ、とたうぽは説明した。シマは祖母が日本人といっても、その祖母もニュージーランドに移住していたので、日本に行ったことはないという。「今度シマを連れて、東京に行ってもいいよね？」たうぽが訊いた。「もちろんだよ。あんたの部屋はしばらくそのままにしておくから」と言うと、たうぽは嬉しそうにうなずいた。

食事のとき、あたしは二人がときどき手をつないでいるのに気づいた。食後、レストランを出て別れるときにはキスをしている。あたしがどぎまぎしていると、たうぽが「シマは恋人だよ」と言った。ニュージーランドは同性婚も認められている国だ。そういえばこれまで一度も、たうぽのボーイフレンドの話を聞かなかったな、とあたしは思った。高校でも後輩の女子からファンレターをもらっていたたうぽ。いまでもスカートははかず、ショートカットで、好きな色も高校時代と同じだった。

その後、たうぽとシマは一緒に暮らし始め、ニュージーランドでいわゆる入籍もした。シマの家族はウェリントンにおり、あたしも二度目のニュージーランド旅行で彼女の家族に紹介された。シマの両親は教育関係の仕事をしている。母方の祖母が日系ということで、シマの母親もぱっと見ると日本人のような外見だ。でも、日本語は話さない。あたしが英語ができないので、たうぽが通訳してくれた。シマには弟妹もいた。よく笑う、明るい家族だった。

たうぽとシマは、「新婚旅行」と称して日本に来た。東京を皮切りに、一か月かけて日本をほぼ一周した。シマの気に入った場所は、沖縄、そして山陰と北陸だったようだ。「温泉はどこもすてき。食べものも好き」片言の日本語ができるようになったシマは、わたしに言った。

その後、ニュージーランドに戻ったたうぽから、メールでシマの妊娠を知らされた。人工授精で、いまはもう二十週。生まれるのは男の子だとわかったらしい。「Lakjit と名づけるつもり。無作為に出した名前だよ」とメールにはあった。あたしはおかしくて、また三分くらい笑ってしまった。

白いくつ

その日、女の子は、お昼ごはんを食べて、それから、お昼寝をして、目がさめて、ひとりで家を出たそうです。

影が、女の子の足元に、ずっとついていったそうです。

女の子は、白いくつを履いていました。

まだ一度しか、外へ履いて出たことのない、よそゆきのくつでした。

避暑地にある、親類の別荘へ、母親と、遊びに行くときのために、街で、買ってもらったばかりのくつでした。

女の子は、その白いくつの、やわらかい布張りのはき口からつま先へかけての甲のところに、桃色のふちどりの入った白いフリルが飾ってあるのが、とても気に入っていました。街の店ですすめられて、これがいいと、母親にねだって、買ってもらったのだそうです。

この母と娘の別荘行きは、そのあと、結局お流れになりました。天候がすぐれず、親類が持つ別荘までの道のりが、閉ざされてしまったからでした。

女の子は、楽しみにしていたそのお出かけが取りやめになったと知ると、ひどくがっかりして、泣き疲れて、眠りました。

母親は、後日、娘にそのまっさらな白いくつを履かせて、街へ買い物に連れて行きました。娘の足にぴったりなそのくつは、このあとそう長いあいだ履くことができるものではないと、母親は思っていました。娘の足は、日に日に大きくなっていたのですから。かわいらしいこのくつを娘が履けるのは、きっとわずかのあいだのことだろう。それならば、いっそ惜しまずいつでもこれを娘に履かせてあげよう。母親はそう考えて、はじめて履かせて出かけた街から帰ったあとも、その白いくつを、しまわずに玄関に置いたままにしておきました。

女の子は、その白いくつを履いて、その日、ひとりで出かけてゆきました。

女の子は、そのころ、自分の名前を、言えるようになっていました。ですが、ひとに訊かれて、言えないときも、あったそうです。名前を呼ばれたら、それが自分のことだと、わかりました。返事はできましたが、返事をしないことも、ありました。女の子は、自分がいつ、その名前で呼ばれるようになったのかを、知りません。

白いくつの女の子――。

女の子は、のちにはそのようにも、呼ばれるようになっていました。

女の子を、サンは、とてもかわいがっていました。

サンは、女の子の母親が、自分が留守をするあいだ、家事やそのほかのことをしてもらうために、家にきてもらうよう頼んでいたひとでした。

サンは、まだ若い女性でしたが、とてもしっかりした、はたらき者でした。

女の子の母親は、本当は、もっと年齢も経験も多く重ねたひとを頼むつもりでした。ですが、いますぐ人手がほしいと必要に迫られたそのとき、紹介所から派遣されてきたのは、評判のよい確かなはたらき手として保証された、サンだったということです。

はじめてこの家にきたとき、サンは、鳶色の瞳に光をたたえて、女の子に、やさしく挨拶をしました。

「こんにちは」

女の子は、少し照れて、母親のスカートを摑んで、その後ろへまわろうとしましたが、はずかしさをどうにかこらえて、それに応えました。

「コン、チ、ニハ」

女の子は、母親が家にいないとき、サンに甘えて、遊んでもらっていました。

女の子は、サンが、自分を抱き上げて、ぐるぐるぐるぐるとその場でまわってくれるのが、すきでした。何度も、何度も、それをせがみました。

「目がまわっちゃうわ」

サンは、家事の合間に、それによく応えてやりました。ですが、ときおりはそう言って、断るか、少しお休みしましょうと、女の子に、頼みました。その度に、女の子は、地団駄を踏んで、あわわわと、泣き出しそうになるのでした。

「はい、はい」

サンは仕方なく、かわいい女の子をまた胸に抱き上げて、ぐるぐるぐるぐると、その場でまわってやるのでした。

「おしまい」

女の子は、何度も何度もそれをせがんでは繰り返してもらったあと、自分も疲れたころになると、ようやく、うとうとしかけて、サンにベッドに寝かせてもらうのが、おきまりでした。

「おやすみなさい」

サンは、三人きょうだいの、真ん中に生まれました。

兄と、妹が、一人ずつおりました。

サンは、十五歳のときに、家を出て、学校の宿舎に入りました。大勢のなかで暮らすことは、さほど苦にはなりませんでした。かといって、それがすきだったというわけではありません。とてもおとなしくして、しずかに寮生活を二年間、送りました。自分が我慢しているとは、あまり気づきませんでした。ですが、少しばかりは、気がついてもいたようです。しかし、それくらいは、あたりまえのことだと、気にしないようにしていたそうです。

サンは、学校を出ると、寮を出ました。学校を出たみなが、みな寮を出るのと同じように。

それからは、子どもを預かり、育てることを教える学校へと進みました。サンは、学校の教師になれたらいいと、思っていました。ですが、実際には、そうはなりませんでした。勉強がすきで、本を読むのがすきでしたが、どうしても、学費が続かず、サンは途中で学校をやめました。

サンには、妹の面倒を見ていた時期があります。

妹は、いつも、よく寝ていました。

サンがまだ宿舎へ入っていないころ、学校から借りてきた本を読んでいるとき、妹は、居間の隅に置かれた小さなベッドで寝ていました。サンは、その部屋で、ときおり本のページから目を上げて、ベッドにいるはずの妹を見遣りました。すると、大抵いつも、妹は、よく眠り続けていました。

それで、サンは、安心して、本を読み続けることができました。

サンは、妹の顔を、あまりよく覚えていません。

随分あとになってから、似顔絵を描いてみたことがありました。あるとき、妹の顔を思い出してそらで描いてみようとしたのですが、うまくいきませんでした。

そのとき描いた絵は、誰かに似ているようでした。妹に似ているのかどうか、サンにはもはやわかりません。自分だろうか、とサンは考えましたが、それは違うようでした。気のせいだろうと思ってみようともしましたが、見れば見るほど、それはただの気のせいではないように思われました。いくら見つめても、それが妹に似ているのかどうかがわからないことに変わりはありません。サンは、妹の顔を、もう自分でははっきりと思い出すことはできなくなっていたのですから。

しかしサンは、のちにふと、その似顔絵は、いつも見ている女の子によく似ていると、気がつきました。

サンは、その絵を、女の子の似顔絵だと、考えることにしてみました。

すると、そのように思えてきました。

それで、その絵は、女の子の似顔絵になりました。

そして、それは、その後、〈白いくつの女の子〉をさがすときにも、配られることになりました。


池のまわりには、草が生えていました。

女の子の背丈よりも、ずっと背の高い草も、群れをなして生い繁っていました。

昼寝からさめて、ひとりで家を出てきた女の子は、まだ夢うつつで、自分でも気づかぬうちに、お気に入りの白いくつを履いて、その池のほとりにきていました。

水辺で、何かが跳ねました。

女の子がそのほうへ目を遣ったとき、水面に生まれた水の輪が、いまにも消えかかろうとしていました。

女の子は、その何かが消えゆくところへ、じっと目をこらしました。ですが、そこに何があったのかを、見出だすことはできません。水の輪は、すでに消えてしまい、どこを見たらよいのかも、女の子には、わかりませんでした。

まぶしい日ざしが、水面に斜めに差しかかっているころだったのでしょう。水面で反射した光は、まぶしくつよく、女の子の目に、突き刺さるようにして、射し込みました。

女の子は、目をほそめ、まぶしさに耐えようとしていましたが、まだお昼寝からさめきらない、むやむやしたねむけが目のなかに残っていました。さびしくて、かなしくて、たまらない気持ちでいっぱいになり、ぐったりとして、からだが重たくなりました。

女の子は、午後の光が差し込みはじめた西向きの部屋で、閉じていた目が自然にひらき、何かに引き寄せられるようにして、家を出てきてしまいました。女の子の家からその池のほとりまでは、すぐでした。道を渡ってきさえすればよかったのです。

サンは、女の子が寝ている部屋を、わずかにそのときはなれていました。家事をするには、昼寝をしている女の子に、ひとときもはなれずつきっきりでいるわけにはいきません。むしろ、そのときを見計らって、そばをはなれてしなければならない用事はいくらでもありました。サンは、女の子が寝ているようすを確かめて、急いで庭へ、洗濯物を取り込みに出ていました。洗濯物は、朝からの気持ちのよい日と風に当たって、すっかり乾いていました。それらをすばやく家へ持って入り、いつものように、このあと昼寝を終えて目ざめてくるはずの女の子に、おやつを用意するつもりでした。牛乳をあたためて、ビスケットと果物を皿に盛って——。

池のほとりの木木には、鳥がたくさんいたようです。女の子は、それまでにはきいたことのない鳴き声を、そこでいくつもききました。

——……いくつ……

誰かの声がしたようです。女の子は、そのほうへ耳を澄ましました。

——……ろ……いくつ……

風が草を揺らしたようです。

——……ろい……くつ……

女の子は、目を上げて、耳をそばだてました。

「ビャー！　ヤーヤーヤーヤーヤー！」

いまも、その池は、ここにあります。

風が吹くと、草がそよいで、その葉擦れの音が、誰かを呼ぶことがあるそうです。

それは、それがきこえるひとだけに、きこえるのだということです。

そこには、鳥の鳴き声と、子どもの声が、まざることがあるそうです。
夕暮れ時には、けっしてここにきてはいけないと、言われています。
だから、わたしは、いまもひとりで、ここで草の冠を、編んでいます。

旅行（以前）記

きっと世の中にはすんなりハワイに行ける人間と、そこへ行くのに多少の回り道が必要になる人間がいるに違いない。確実に後者に属する者の目からすると、その目的地たるハワイ諸島とは、北太平洋の中央にぽつんと位置し、日本から約六千キロの彼方にある絶海の孤島である。太平洋上で日付変更線を通過？　日本を夜出発したのに当日午前に現地到着？？？　本当にどれだけ遠くにあるのだ。

過去に一度、三十過ぎにして人生初の海外旅行先がハワイだったので（二〇一三年、ハネムーンでした……）、一応は渡航経験があった。妻と私、義父母（成田市在住で海外経験豊富）の四人で、私だけ飛行機にもろくに乗ったことがなかったものの、ほとんど「ついて行けば安心」の旅でもあった。ここで今回、七十歳超・海外未経験の実母S子を、私たち夫婦でハワイに連れて行こうと画策したわけだった。

埼玉南部の実家には、やはり飛行機にもろくに乗ったことがない母が一人暮らす。ところで青木家の人間は「海外に雄飛しない」。実家はずっとその埼玉の同じ場所にあって、小学校時代には何年も英会話スクールに通っていたはずなのに、結局は受験英語を経ただけの、英語ができない人間になってしまった。まったく英語が話せない！

初めてのハワイでは、まず入国審査時にとてもドキドキしながら、

「……フォー・サイトスィーイング」

と告げたことが、あるいは現地の人と意思疎通できたと確信できる、ほとんど唯一の思い出だったのではないか。税関員の黒人のおじさんは、まっすぐこちらの目を見て質問してくる。

さっそくなんてつまらないことなのか……どうか旅先での私に雰囲気とか風情といったものを期待しないでほしい。その税関員からの「キャップ（帽子取れ）！」といい「カ・ン・ジィ（サインは漢字で）」といい、諸事万端をとにかく一度間違えて、どうにか人並みのことができるような気持ちになれる。

初海外旅行での「ハワイ体験」がそんなエピソードで埋めつくされるとは何という体たらくか。ホテル到着後すぐ、係員に開かない金庫の操作と窓の開閉具合を見てもらい、「（一ドルだけでは……でも二ドルだと割り切れるし三ドル？）サーンクス」と、人生で初めてチップを渡してみたら相手の反応がどこか微妙だったり、レストランでは「ホット・コーヒー」の注文さえうまく伝わらなかったり（正しくは「ハッ・カフィ」なのか？）と、

まったく自信を失ってしまう。さらにピザ屋のカウンターで、たしか二十数ドルの支払いにうっかり百ドル札を使ったら、

「Ｏｈｈ……ンーーーオットソウキタカ、オラーイ」

みたいな反応をされる。たしかにそういう仕来りなのだし、大きな紙幣を使うほうが確実に悪いのだろうけれども（何せこっちは一度間違えなければならない男なんですよ！）。それにお釣りの計算にしても、引き算でなく足し算で計算する習慣だったと思うが、ああいうことがいちいち慣れない。

ワイキキのビーチでは現地の警察官とも「話した」。夫婦で砂浜でぼんやりくつろいでいたところ、赤ら顔の白人警官がそばに寄ってきて、

「ＡＬＯＨＡ〜!!（英語で）オイラハ・ヨウキナ・ケイサツカーン！　ＯＫ？　キミタチ・ユカイナ・カンコウキャーク！　ゲンキカーイ？」

「オーウ！　アインファインセンキュー、イエーイ！」

「グッード！　ファ、ファ、ファ！」

さらに別の場面――。滞在したホテルで夜間にたびたび喫煙スペースと部屋とを往復していて、一人エレベーターで部屋に上がろうとしたところ、あとからレジ袋をだらりと提げた軽装の怪しげな若い男（ロコ？）が乗り込んできて、階数ボタンを何か適当な感じで

押し始める。夜間はカードキーがないと作動しないのを知らない闖入者らしいが、同じ階で降りるのも不安で、カードキーを操作パネルにかざしてやりながら、

「……アー、フロアー（どの階かって、フィッチフロア……とかでいいん？）」

と低層階あたりのボタンを身振りで示しつつ「（四階で）ＯＫ？」と促すと、

「Ｙｅａｈ……○×▲☆◎？（いやあちょっとね、これにここのホテルの製氷機の氷をもらいたいだけなんだよ）」

「アア、アア、ンーン（よくわかるよ）」

相手の言っていることはどうにか理解できるのに、こちらから「とっさの一言」を口に出せないのがひどくもどかしい。が、言語に不自由なのは日本国内でもそう変わらないのだし（！）、ハワイでは英語を話せなくてもどうにかなるとは、実地に学んだのだった。

青木家では実父の一周忌が過ぎた二〇一六年の春あたりに、母の前で初めてハワイ旅行の計画を切り出したように思う。母一人の生活が寂しくならないようにと考えて、アクティビティとしての選択は外食と旅行に傾きがちだった。孫でもいたらと何度も考えては（まだ兄夫婦に甥が生まれていなかった）、予定はずっと未定であって、あるいはその予定の前にと、旅行代理店でパンフレットを眺めることをくり返していた。

一方ハワイ諸島はといえば、年間六〜八センチという速度で、徐々にだが確実に茨城県沖を目がけて日本に近づいてきていた。同様に青木家にとってその距離を縮めることができるか、「いつかハワイに」と先の話をしているうちはまだよかったが、いざ計画を進めようとするとたちまち雲行きが怪しくなる。

「飛行機が長いのがねえ……それがなければアタシでも行けるんでしょうけど」

ハワイの遠さは人によっては試練となりうる。地図を開くと本当に太平洋の真ん中で、どの大陸からも離れたところに島がある。それがどんな弾みでJTBのツアー申し込みにまで話を進めることができたのだったか、ここに当時の書類がひと揃い残っている。「お申込からご出発までの手続きのご案内」「ご旅行内容詳細」「領収証（旅行代金の一部）」「外貨個人購入お申込書（兼お客様控）」——

書類作成の日付からすると、二〇一六年七月には旅行内容も大方確定し、母はすでに十年パスポートを取得していて、当時ちょうど円高を報じるニュースがあったのでさっそく米ドルも三人分購入、あとは十月の出発日を待つばかりだった。計画でも準備でも、とにかく家族で何かに向けて行動することで、停滞だけはせずにいられるような気がしていた（葬式にしても法事にしても、やはり同じように考えていた）。

当時の書類には、旅行日の一週間ほど前に発行される「最終日程表」が含まれていない。

出発はまだ二、三ヵ月も先であって、飛行機のことを心配したところで搭乗便名も座席も確定はしない。その時点では出発空港と航空会社が決まっていたくらいか。ホテルの部屋についてもリクエストベースであり、母に事前に伝えられる情報は限られていた。

『『日本↓ハワイでは、一万メートル上空に西から東へジェット気流が吹いているため、往路は復路にくらべて所要時間が短くて済む』から、行きのほうが（飛行機にとっては）断然楽なんだよねえ」

「まず指で鼻を押さえたままゆっくりそこに空気を送ると、出口を失った空気が耳の管へと向かっていって、そうすると鼓膜が内側から膨らむような感覚がすると思うんだけど、たぶんそれが『耳抜き』って意味なんだよ」

「われわれが泊まるシェラトン・プリンセス・カイウラニホテルがその名を冠する『カイウラニ王女』ってのは――」

いろいろ説明するものの、きっと母には勝手のわからないことだらけで、そのときひどく弱気になっていたのであった。

旅行準備として何が足りなかったのか……最後は「飛行時間の長さ」に負け、それが半分程度となる別の島へと行き先を変更、目前にあったはずの「ＨＡＷＡＩＩ」は、アナグラムを作るように「TAIWAN」と名前を変えてそこが新たな目的地となる。ハワイ旅行キャンセル後、旅行会社は同じくJTBで再びツアー申し込みからやり直して、実母S子の初海外旅行がやっと実現したのであった。

出国便でアクシデント一件。機内での気圧の変化が原因か、うまく耳抜きができないこともあって、飛行中に母が頭痛を訴えたのはよくない傾向だった。

「えっそんなのできないフーン！　あれどうやんのフーン！」と、座席で一緒にやろうとしてもとにかく耳抜きができず、鼻を摘んだ指を勢いよく離しては、なぜか肘を伸ばして「フーン！」というのをくり返していた。

しかしそれも着陸時にはもう解消し、またおそらく中華圏が肌に合っていたようで、母は終始リラックスして三泊四日の旅行を満喫できたと思う。さらに二日目からは妻の女友達Kちゃんと現地合流して、二人の「女子力」に与るところ大なグルメ&楽しみ満載の賑やかな台湾旅行となった。

現地での宿泊先が「シェラトン・グランド・台北」だったことにいまにして気づくが、これはハワイでの幻と化した同ホテルチェーンを相手に「ホノルルの敵を台北で討つ」ようなもの……とはならなかった。ホテル到着直後に「アフタヌーンティーサービス」を受けようと、そのミールクーポンを妻が部屋に取りに行っていたときのこと。母と二人、

「一階朝食会場」のビュッフェレストラン前の客の列に一度並びかけたものの、喫茶室の利用客ではなさそうなのでそこを離れようとしたところ、

「リスタヴェイシュン？」

と店の白人女性が問いかけてくる。フロントもサービススタッフも当然のように英語対応である。

「えっ……リスタヴェイシュン？（って、予約のリザベーションのことを聞いてるんじゃなくて⁉）」

「リスタ・ヴェイシュン？」

「アーアー、ノー、ノーリスタヴェイシュン……」

発音が丁寧なのか、上手すぎるのか、ただの聞き違いかもしれないが、その一単語にすら応答できず戸惑ってしまったのがどうにもショックで、さらに「ティーサービスのクーポン券はどこで使うか」「しかし妻がいまそれを……」と、事情を簡単には話せそうにないことをその場で一瞬のうちに悟ったのだった。

我愛台湾……同地でたっぷりと漢字に接して過ごしたうえ、旅の記念にと花文字の店で色紙に書いてもらったのが「青木家」の三字。だがどうせ同じ三字なら、いっそ今後につ

ながる「ハワイ」とすべきだったのではないか（二割増しくらいトロピカルな花文字で！）。都内の自宅には最新のハワイ本とパンフレットと契約書類の残骸、不用心にも$950という結構な額の米ドルをそのまま保管していた。

この旅行を通じてすっかり台湾ファンになった母S子。「来年はハワイ」との約束もして、少しは自信がついたように思われた（帰国便では頭痛もなく、また台湾がハワイと同程度の緯度に位置する事実にも感謝したい）。ただしまだ、それでもなおハワイは遠く、「旅行前」との意識を保ち続けることを強いられるのである。あるいはそれもその一部となるような、長い旅の途上だったというべきかもしれない。

「もう世の中がこんな状態じゃ、今年のハワイはやめたほうがいいみたいね……（青木S子）」

何もかもが旅につながる。翌二〇一七年という年、北朝鮮のミサイル発射と核実験の強行で米朝対立が激化の一途をたどる。米朝両国首脳間の罵り言葉の応酬（「ちびのロケットマン」「老いぼれの狂人」）も記憶に新しいが、一年を通じて危機的状況が報道され続けた。挙げ句に年末恒例の「今年の漢字」が「北」だとは——こんな情勢下にあって、アメリカ太平洋艦隊の司令部が置かれるハワイ州オアフ島を渡航先にすべきかどうか、「ハワイなんかに行っていいのか」と、米軍基地が多数存在する国の人間が思う。さりとて国内で半島有事にどう備えるべきか見当もつかないが、場合によっては外貨の保有が何かのリスクヘッジ（?）になるやもしれず、保管中の＄950が少しだけ光って見えた。

ところで地球を歩かれている旅慣れた方々からすると、約十万円相当（＄1＝105円）の外貨を国内で事前に用意しておくなど「なってない」ところかもしれない。クレジットカード先進国の観光地ハワイだろうに、なかば現金主義を前提とするとはいかにもスマートでない。

私がその肝心のクレカを「持ったことがない」人間だという、まったく誰の関心も呼ばない重大な事実がある（そっとしておいてください）。それを忌み嫌い、ずっとずっと嫌い、嫌い続けているうちに「作れそうにない」現実に直面し、審査が通るかどうかを試すことすら忌避して今日に至る。

焦燥感、切迫感。人生を棒に振っているかのような感覚。一昔前まではそう不自由しなかったはずのクレカなし人生も、eコマースやキャッシュレス化がこれだけ身近になってくると話が変わる。たまのネットショッピングで、妻のカードをそのつど一時的に利用させてもらう人間とは……。

ここで一枚のカードを紹介することになる。「JTB旅プリカ」――このJCBブランド搭載の「クレカまがいの」チャージ式プリペイドカードは、台湾旅行でのポイント付与にも惹かれて勧められるまま作ったものだが、まさか帰国後もこんなに使いまくることになろうとは自分でも意外だ。それというのも、航空会社系カードにおける「マイル」の旅行会社版、「トラベルポイント」を貯めるためなのであった。

二〇一八年は南北朝鮮の首脳会談、それに続く米朝首脳会談実現の年である。シンガポールの（台湾より倍以上南方にある）何とか島にて、米朝両国首脳が歴史的な会談を行った。同年六月頃には半島情勢も少しは安定化の兆しを見せていたろうか。ただしこの年は、母が白内障の手術を控えていたため海外は断念、代わりに京都・奈良を三人で旅行した（トラベルポイントが貯まる）。「旅行前」あるいは「長い旅の途上」との意識のまま、また一年が過ぎる。

この間、財布には常に「カード」を入れて毎日のように使用していた。券面デザインがだいぶカジュアルで、ＩＣカードでなく磁気カード、何よりカード番号等にエンボス加工がされていないのがいかにも安っぽい。しかも使用二年目に入った頃か、財布から出し入れする摩擦のせいだろう、番号や有効期限の印字がほぼ読み取れないほど消えかかっていることに気がついた。

当時ようやくネットでも同カードが使用可能だとわかっただけに、番号を控えておかずにいたことを後悔し暗澹たる気持ちになる。まるで破損した「消えた宝の地図」でも前にした諦めの心境で、つるつるのカード表面のことはなるべく忘れようと努めた。先進技術たるICチップや偽造防止ホログラム、「ローマ軍兵士」「地球儀」「パルテノン神殿」等のデザインまでは求めないから、せめて数字が消えないようエンボス加工されていたらよかった。普段の買い物での使用にはじゅうぶん耐えるが、単純にみっともなくて、このことを苦にしつつ使い続けていた。

そんなある日、レジで会計中に「光を当てたらどうか？」とふと思いつき、手元のそれを蛍光灯の光でテカらせるように角度をつけてみたところ、かろうじて印字跡が透明に浮かび上がって「見えた」のである。数字の形を一部推測しながら、どうにかそれらの情報を券面から読み取り、最後はECサイトでクレジット決済を試して答え合わせが完了する（「決済完了のお知らせ」）。だがそれもこれも何のための苦労なのか——旅行前、国内ではそのようなことをして過ごしていた。

そしてキャンセルからまる三年、とうとう二〇一九年十一月にハワイはやってきた。三回目の妻、二回目の私、初回の母。以前同様に旅行会社のツアーであり、パスポートにESTAに米ドルの用意まであって、よもや準備に手間取ることなどありえようか。と、搭乗便の座席指定のネット予約ミスで出発当日のチェックインカウンターまでやきもきしたり、成田を夜遅く出発で夕食分の機内食が出ないと勘違いして空港内でしっかり食事を済ませたり（離陸後さっそく配膳）など、到着前からドタバタする一家は、これから四泊六日のハワイ旅行を満喫しようとしているのだったが――。

ここからが珍道中の旅行記本編、というわけでもない。旅行中は何かと準備不足だと感じることが多すぎて、自分がいかにこの三年を徒に過ごしていたかとの思いが猛然と湧き起こってくる。「行けばわかる」と高を括っていた部分もあれば、「行かないとわからない」という経験主義のような言い訳もして、事前に下調べすることがほとんどなかった。そして「行ってもわからない」。

そんな旅行記以前の問題として、空港からシャトルバスで巨大SC「アラモアナセンター」に降ろされ、時差ボケするなかフードコートに直行し昼食を済ませようとした折、さっそくカウンターでメニューを前に「これをください」「これにします」「これを一つ」が言えない（まさか？）という、前回初めて来たその同じフードコートで当時とまったく同じ経験をしていた。また半信半疑でプリペイドカードで支払おうとし、店員がレジで二度試したところで、それが完全に使えないことがわかった。

使えなくて当然で、そもそもどうして使えるかどうか事前に確かめていなかったのか。

カード裏面にもはっきりと「このカードは日本国内のＪＣＢ加盟店でご利用いただけます」とあり、海外で使えるわけがなかった。

それもこれも旅行記本編には入らない、準備や計画段階の問題というべきではないか。あのとき、またしても簡単な旅先英会話ができずに、心の余裕を失ってばかりいたのであった。

「ダズ・ディス・バス・ゴー・トゥー・ダウンタウン？」

「ワン・モア・パーソン・イズ・カミング・レイター」

「キャン・シー・トライ・ザット・オン？」

一度バスを乗り間違えたがダウンタウンには行けたし、人気店「ザ・チーズケーキ・ファクトリー」では三人で食事ができたし、母Ｓ子に現地で水着を（四十年ぶりに）買わせるという難業もどうにか成し遂げたが、しかし水着ショップで「彼女はアレを試着できますか？」などという英語を口にした記憶がない。

妻と別行動で観光しようとした際には、とりわけ行動力がないことを思い知らされた。失敗が重なり、頭も回らず落ち込みながら母の隣でベンチに腰かけて休憩中、飲み終えたジュースの空き瓶を落として派手に割ってしまい、「ダメだ……もう何をやってもダメだ」

「なあに言ってんのさ、ダメなことなんて何もないでしょ、別に大丈夫でしょうったら」

と、母と二人でガラスの破片を拾い集めて捨てたこと（ワイキキのゴミ箱が細かく分別回収していないようで助かった）。

こうしたことに関わりなく、海も山も自然豊かで、公園内の一本の木すら興味深く眺められる。早朝のワイキキの爽やかな空気を浴びつつ、その日最初に目にする自室ラナイからの「パーシャル・オーシャンビュー（首を曲げると海が見える）」。ただひたすらビーチで見蕩（みと）れるばかりの水平線と夕日。やはり相変わらず風景は感動的だ。オプショナルツアーで東海岸エリアやパールハーバーを巡る。ビーチでのフラショーを、サンセット・ディナークルーズを楽しむ。こうして母に現地の風景を見せるということが、今度の旅の一番の目的だったと思う。

あれは滞在何日目の現地行動か、「アサイーボウル発祥の店」で朝食を食べるため、三人でモンサラット通りというところをしばらく歩く。そのときそこ（ワイキキの東の外れ）にいたことは、「旅のしおり」まで作った妻Y実の下調べのお陰だが、途中とくに何もなさそうで何かある。野生の鶏がいたり、南国らしい赤い頭の小鳥がいたり、「クイーン・カピオラニ・ガーデン」という小さな熱帯庭園があったり。

「でももし他にも行けるとしたら、普通のハワイの、農地とかそういうのも見てみたいのよねえ」

現地の何気ない風景にこそ触れたい。その土地のことを、訪れた国のことをもっと知りたい。そう呟く母のすぐ隣では、しっかりと『地球の歩き方』を手にした私が、

「横断歩道以外の場所で道路を渡ると軽く一万円以上の罰金取られるってさ」

「あと野生のウミガメに手を触れたり、すぐ近くからじっと見続けるだけでも$500からの罰金だって……しかもそれがハワイアン・モンクシールだったりしようものなら$1500まで跳ね上がるよ」

「ところで鳩にエサをやると――」


年が明けて二〇二〇年、今年に入って一度も旅行をしていない（西武鉄道一本でつながる実家にも移動自粛でまともに帰省できず）。差し当たり予定はなくまだどこにも行けそうにないので、旅行については過去を振り返るしかない。今回そのことを思い出そうと、資料となるものをあれこれ探してみたところ、JTBのパンフレットが数年分ごっそり出てきて（「ハワイアン航空で行くハワイ」「今ドキッ！ハワイ」「11月からの素敵にハワイ」）、長く検討した末に旅行が実現したことを物語っていた。

――いまこれを執筆している九月現在、新型コロナの感染拡大により、ハワイでは二度目のロックダウンが実施されているところだった。住民の必要最低限の外出、ビーチや公

園での「ソロアクティビティ」は許可されているとのことだが、ワイキキのメインストリートには本当に人影がなく、車通りもだいぶ減っている様子で、「ＡＢＣストア」も含めて多くの店が閉まっている（ホテルは軒並み長期休業中）。空は変わらず青く陽光は同じ陽光だとしても――またハワイが遠くなったと思われたとき、その風景が余計に懐かしくなる。現地のいまをレポートするユーチューブ動画がいくつもアップされ、言葉もなくそれらを観たりしていた。

　またそれとはまったく別に、私個人にとっての、もう一つの「旅」が確実に終わりに近づいていた。

「『旅プリカ』サービス終了のお知らせ」

　通知があったのはつい最近のことで、青春にも必ず終わりがくるように、カードライフにもそれはやってくる、ということらしい。日が没する黄昏（たそがれ）のとき。

　プリカは廃止されるが、ここに「ＪＴＢ旅カード」への切り替えキャンペーンが案内されている。再び前を向きたい。当カードはＪＡＬのいわゆる提携カードで、ポイントをマイルに交換することもできる、歴としたクレジットカードである。

「だけど『航空系クレカ』の審査って、正直どんなもんなのかなあ……？」

　ところでもしポイントを貯めるということが、世間的にそれと認められるような堅実な消費行動だったとして、プリカ保有者たる私はこの三、四年の生活といくつかの旅を通じて「実績」を作ったことになるのではないか――雲の上にあると聞く「ＪＡＬマイレージバンク」（あるいは「ＡＮＡマイレージクラブ」に鞍替えも？）はすぐそこであり、私はある重大な岐路に立たされていた。

ペリカンだ。

誤解の祝祭

わたしたち二人は時代の頂点であり、完成であるとまず言おう。

彼女とわたしはそれぞれ、とある著名なヤクザものの家にうまれた。町は自然に膨張し、人間が増えるとどこからか統治者がやってくる。彼らは領土の所有を宣言し、我らに徴兵、徴税、強制労働を課して、押し付けの法を以ておさめる。

ひとつの町に二つの一家。対立が、それを必要とする人々によってつくられた。というのは、我らと我らの対立が無くなれば、制度も、彼らの社会的基盤も、崩れ去ってしまうからである。力と力の緊迫した衝突は、ときおり均衡が破れ、勝ち負けという形で決着をみる。

拮抗する二つの力、

シンメトリックな対立関係。

話を先に進めよう。ある日、従兄弟がわたしを外へ連れ出した。嫌人自閉のわたしを、心配したのだろう。いちにち泉に遊び、ふと思い出して、ここらに、＊＊家の少女が住んでいなかったかと尋ねた。

いる、と返事があった。広々とした林の向こうに、彼女の住む屋敷の破風が、ちらりと見える。従兄弟は忠告をした。今、この日盛りに近づいてはいけない、あそこの家のものは野蛮で、いつもたいそう気が立っているから、と。

夜になって、わたしは出かけた。彼女が出てきて中に入れてくれた。彼女の部屋の下を訪ね、バルコニーから入ったわたしは尋常の訪問者では無い。けれども仇同士とはいえ、わたしの家の名はそれなりに、わたし自身を証明する鑑札になったようだ。少なくとも名も無いごろつきや、亡霊ではないという理由で。それから、幾晩もそこを訪れた。娼婦が客を呼び込むとき、口をすぼめてチュウチュウ鳴きをするという。そういう真似はしなかった。二人ともむやみやたらとまじめであり、お互いがこんな家にうまれたことが面白くてならず、考えるとクックと笑いがこみ上げた。

耳たぶで髪を切りそろえたわたしは十五。髪は結わず、背の半ばに垂らした彼女は、次の初穂まつりで、やっと十四になるはずだった。大人たちはこの少女を美しいといい、花になって咲く前のつぼみに例える。わたしはこの異性の友人に、すらりと茎の伸びた、すがすがしい若草を思う。古いしきたりでは、攻略者は夕暮れに相手がたの城塁から抜き取った、その土地の泥の付いたような草を冠に編んで戴く。そのとき、草冠は宝石や金のそれよりも尊い。征服者の証なのだ。

だが、わたしたちの間にあったのは、インチキ無しの、穏やかな友情だった。だいたい、キャンディを投げ上げながら部屋中を歩き回る彼女は、わたしの理想の女性には、ちょっと子供っぽすぎた。彼女の机の上にはいつもうず高く積んだ原稿の束があったが、機知に富んでいなければ詩は書けないというから、それは日記か、あるいは他愛のない夢物語だったのだろう。屋敷の台所に忍び込み、木製では無く陶器製の食器を使って、自家製ビールを飲んだこともある。

そうして夜じゅう遊んでいたあるとき、雲雀の声を聞いた。知らぬ間に、朝が来ていたのだ。しかし、わたしたちはそれを認めなかった——おそらくは、若さの傲慢から。そこで雲雀を巡って、二人が同時に同じ言葉を発することになった。

「ナイチンゲール」

これは、危険な兆候である。

一切の迷いなく、最初の行動を起こしたのはわたしだった。己の命がかかっているから、年少の友にも容赦はしなかった。すばやく相手の髪をつかんで、小さな耳に早口で吹き込む。それ自体は他愛ない言葉遊びで、わざわざここに記すまでもない。

　相手は蒼白になった。先に決まった言葉を発し、均衡を破ったほうが勝ち逃げとなる。残された方は、禁忌を犯した罪の代償を払わねばならない。つまり、同じものは二つ同時に存在せず、同じものが二つあっては、世界の本質に関わるような矛盾に陥る。どちらかが速やかに消え去るべきなのだ。その証拠に、我が町を見よ、わたしの家のものと彼女の家のものが道であえば（年経るごとにいがみ合いの直接の原因は輪郭がぼやけ、誰も覚えていないにも拘わらず）、たちまち生死が生ずるではないか？

　以上のことを、わたしと同様、数々の禁忌に縛られる家にうまれた彼女が知らぬ筈もない。子供っぽい、ぽかんとした相はゆがみ、次第に忿怒（ふんぬ）に変わる。運命が猛烈なスピードで空を切って飛行し、愛らしいひたいを打った。彼女は思わず両手でおさえ、次に頭を上げたときには、何かを諦めた面をしていた。

　そして、ああ、運命を愛せよ、それは到底、法のおよぶところではない。たまたま遭遇した不運によって彼女が死ぬのなら、このわたしもまた死ぬのだ。死は、友情の気持ちからでも、ましてや愛情からでもない。あちらの家に死人が出れば、こちらの家でも一人、出さねばならぬ、このことを、冷静に彼女は指摘した。さもなければ均衡が破れて、世界はめちゃくちゃになってしまうだろうと。わたしは確かに勝負に勝ったが、もっと大きい、無情な自然の掟に捕らえられてしまったようだ。彼女の運命を決めたのがこの一夜なら、わたしの運命を決めたのも、同じ夜である。人生は少しも自由ではないが、ものごとは手繰っていくと、なかなか面白いものだとは思う。

わたしたちは話し合い、死ぬにしても、一時の激情で弾みをつけるようなことはすまい、よっぽど息を整えてからにしよう、と決めた。身内の手間を省くために、墓場で逝くつもり。互いの家のものは、自分たちの悲嘆を忘れないように、像を建てるかもしれない。それはいかにも大人たちの考えそうなことだ。ひとつお願いがある。危機を退け世界の破滅と混沌から町を救った彼女とわたしの像は、道のかたえに置いて欲しい。

そしてこの町の、道祖神としてくれないだろうか？

親を掘る

埋まっている親を掘りだすのはひと苦労だ。何しろ埋まっているんだから。

ほとんどの場合、掘るタイミングは自分でわかるんだよとタローは言っていた。タローっていうのは隣の家に住んでいる友達で、僕より一〇年早くから生きている。タローはここ半年くらいで急に筋肉質になってきた足を大げさに組みかえながら言った。自然にわかるもんさ、タイミングも、それから掘る場所もね。わかんないやつは無理して掘る必要はない。どのみち最後には親にたどり着くんだから。

タローには二人の子どもがいる。二人とも女の子で、一人は結婚していて一人はもう学生だ。二人はタローのことを、三〇年前に手分けして掘りだしてくれたらしい。僕には子どもはいない。僕は掘りだされて出てきたわけじゃなくて、自分で出てきた。別にめずらしいことじゃない。親は誰にでもいるけれど、子どもが誰にでもいるとはかぎらない。

自分で出てきたからといって、もちろん出てくる前の記憶があるわけじゃない。たまに死んでいるときの記憶があるっていう人もいるけれど僕にはない。だからかもしれないけど、そういう話を眉唾だと思っている節がある。

ある日スーパーマーケットへ買い物に行くときに、いつも通っていた墓地の前で気がついた。今だ、と気がついた。今が親を掘るときだ、と。タローの言ったとおりだった。

僕は一度家に帰って荷物を置いて、あらかじめ購入していたキット（シャベル、軍手、懐中電灯、大きめのバスタオル、それから親を傷つけずに掘りだす方法が書かれたパンフレット、それら一式が入ったナイロン製のナップザック）を持って墓地へともどった。僕が出てきたのもこの墓地だった。親は僕と同じところに埋まっていたのだ。親は手首だけがもう出てきていた。ずいぶん元気のいい親だ。これなら掘るのもそう難しくないだろう。

しかし予想に反して、親を掘りだすのにはけっこうな時間がかかった。地面は思ったよりも固かった。はじめてだったから、親にシャベルを突き立てないように、おっかなびっくり掘っていたのもよくなかったのかもしれない。そのうえ手首だけ自力で出てきていた親は、手首を出したきり全然動かなくなってしまったのだった。掘りながら僕は不安になった。まだ早かったか？

どうにか頭部が出てきた。女だった。母親だった。母親はパチリと目を開けた。僕と同じ鳶色（とびいろ）の、濁った瞳に光がともる。僕は母親にむかって、「母さん？」と呼んでみた。母親は、「マルコ！」と叫んだ。さっきひらいたばかりの目にもう涙を浮かべていた。代謝がしっかりしている証拠だ。顔色も良かった。ひと安心だ。泥だらけで素っ裸の母さんを、僕はやさしく抱きしめた。

掘りだしたばかりの母さんを背負って家に帰った。太陽はすっかり傾いて、母さんを背負った僕の影は不吉な獣のようだった。川沿いを歩いているときに、母さんが空を指さした。ふるえる指のむこうでは、夕陽で雲がピンク色に染まっていた。「死んでいたときも、あんな色合いの、あたたかい光に包まれていたのよ」母さんは言った。「そうなんだ」と僕は言った。バスタオルごしに、母さんの浮いたあばらが背中にあたって痛かった。

母さんは帰り道の間じゅう、ずっと何かをしゃべっていた。家に着いてもしゃべっていた。部屋のインテリアや本棚に並べられた本のタイトルや、僕が作っているポトフについて。僕はうんうんとそれを聞いていた。あんまり元気なので感心した。僕なんか、出てきたばっかりのときはとにかく体調が悪くって、しばらく入院していたものだった。入院費は出てきてすぐの身寄りのない人が組める専用ローンで支払ったけれど、ずいぶん心ぼそかった。生きていくのは心ぼそい。もしかしたら母さんもそうなのかもしれない。「会えてうれしいわ、マルコ」母さんはできあがったポトフを食べながら何度もそう言った。僕は、「僕もだよ」とその都度答えた。

次の日、バスの中でタローに母さんが出てきたことを話した。僕らは違う職場に同じバスで通っている。

「よかったな」とタローは言った。「掘るの、案外大変だったろ」

「うん」と僕は言った。それから、でも、と付け足した。「タローにくらべたら全然だと思うけど」

タローは八年前に母親を、三年前に父親を掘りだした。八年前に母親を掘ったとき、出てきた母親は最初の呼吸をしたとたん、泡をぶくぶく吹いて目を剝いて、意識を失ってしまったらしい。「ショック症状さ」タローは何でもなさそうに言った。「よくあるんだよ。何しろ掘りだされたほうにとっちゃ死から出てくるっていうのはさ、視覚や聴覚はもちろん、呼吸器や循環器、とにかく何から何に至るまで、いきなり大変な刺激を与えられるわけだから」母親はすぐに病院に担ぎ込まれて、そのまま入院。幸い数日で回復したけれど、自力で歩けるようになるまではさらにそこから三年かかった。一方の父親はといえば、ずいぶん遠くの町に埋まっていたらしい。タローは父親を掘るタイミングとその場所が「ぴんときた」とき、「正直うんざりした」らしい。それでもぴんときてしまった以上、行って掘るしかないのだった。「掘らなくたって勝手に出てくるだろうけど、それはそれで後味が悪い」から。バスと飛行機を乗り継いで、ようやくたどり着いた町で掘りだされた父親は、母親と違いとくにショック症状もなく、しかし何か言葉を発するわけでもなくて、ただタローのことを怪訝な面持ちで見つめていたという。「掘りだして、泥を払ってやって、うちに帰ろうって言ったんだ。だけど首を振るもんだから、じゃあどうするんだって訊いたんだ。そしたらしばらく黙ってから、煙草持ってないかって訊くんだよ。持ってない、俺は煙草は吸わないよって答えたら、鼻を一度鳴らして、そのまま歩いて行っちまった。腰にバスタオルを巻きつけて、墓地からさっさと出て行っちまった。俺は追いかけてもよかったんだけど、なんかもう面倒くさくなって、掘った場所の後片付けだけして帰ってきたってわけ」

三年前、父親を掘りだして帰ってきたタローの話を聞いたのも、同じバスの中だった。タローはその話をずいぶんあっけらかんと話してくれた。心の中はわからない。それでも「勝手な親だよな」と言い捨てたタローには、少なくとも悲壮感や怒りの感情みたいなものは全然ないように見えたのだった。

あの頃からくらべると、タローはますます肌ツヤが良くなっている。頭の白髪もずいぶん減ったし、量だって増えたように見える。自分のたよりない頭部を撫でながら、僕もはやく若くなりたいと思った。タローはそんな僕に気がついたのか、「親が出てきたらあっという間だぜ」と言った。

「あっという間に若くなっちまう。親も自分もさ。とくに君は子どもがいないから、今まで身近にそうやって、自分を相対化できるような人間がいなかった。なおさらだと思うよ」

バスがタローの下車する停留所に着く。ブザーが鳴って扉がひらく。タローは僕の肩を叩いた。「何にしても、今を楽しめよ」僕はうなずき、ほんの数年前とは見違えるようにしゃんと伸びた背中を見送る。

タローに伝えたのと同じ言葉で、職場でミリアムに母さんが出てきたことを話した。ミリアムは同じフロアで働いていて、僕より三年遅く生きている。「まあ」とミリアムは言った。「おめでとう」

「ありがとう」と僕は言った。でも何がおめでとうなんだろう。

「何がおめでとうなんだろう」僕が言うと、ミリアムは笑った。「何がって、家族が増えたんだからうれしいことじゃない」

僕には子どもがいなかったし、配偶者もいなかった。子どもがいなくて配偶者だけがいる人ももちろんいるけれど、僕はそうじゃなかった。今のところ。だから母さんははじめての僕の家族だった。

「じゃあしばらくは、夜会えなくなるのかしら」ミリアムはわざとさびしげに、眉尻を下げて見せた。褐色の耳朶(じだ)に揺れている金のピアスは、去年僕が贈ったものだ。

「今度うちに来てよ。母さんもいっしょに三人で食事しよう」僕が言うとミリアムは「ぜひ」と言って微笑んで、自分のデスクへもどって行った。

家に帰ると母さんが夕食の支度をして待っていてくれた。ポークソテーと、付け合わせにはたっぷりのマッシュポテト。「あなたの好物だったわね」母さんはにこにこしながら言った。そうだ、たしかに僕は母さんの作ってくれるポークソテーとマッシュポテトが好きだった。マッシュポテトにはチーズが練りこまれていて、ほんのりとあまい味がする。

墓から出てきてそう経たず、母さんはある新興宗教を信仰するようになった。もっともその宗教は、強引な勧誘があるだとか、高額なお布施をもとめられるだとか、妙な品物を買わされるだとか、そういうやっかいなことはなかったので、僕は「母さんの好きにしたらいいよ」と静観していた。

入信してからの母さんは、日に一度、祈りを捧げるようになった。何を祈っているのと訊ねたら、もう一人の自分のことよ、と言った。

母さんによれば、というよりその宗教の教義によれば、宇宙にはこの世界とそっくりなもうひとつの世界が存在するという。そこではこの世界の自分とそっくりな、もう一人の自分が生きている。ただこの世界と違うのは、あちらでは生死の流れが反転しているということだった。つまり、あちらでは人は死から出てこない。母親の胎内から出てきて、死ぬのはいちばん最後なのだ。人の生涯は立つこともしゃべることもできない未熟な赤ん坊としてはじまり、だんだんと老いていく。死にむかって。

「それってこわすぎない？」僕が教義の説明をしたあとで、ミリアムは言った。仕事の帰り、よく二人で立ち寄るバーだった。壁にかかったテレビジョンではフットボールの試合映像が流れていて、ちょうどハーフタイムになったところだった。

「だんだん老いて、最後は死んじゃうなんて。つめたくなって、ひとりぼっちでおしまいってことでしょう？　若くなって色んなことがわからなくなってから、あたたかくて安全な母親のお腹へ還っていくことの何十倍もこわい」

ほとんどホラーよ、とミリアムは言った。本当だね、と僕は言った。どんどん老いていくということは、つまり身体の機能も衰えていくということだろうし、そんな方向にあらかじめ向いている矢印は、なんておそろしいんだろう。

「最近いやな夢をよく見るんだ」僕が言うと、ミリアムは「どんな？」と言った。

その頃の僕は、母さんを掘りだす夢をしょっちゅう見ていた。夢の中で、僕は墓地にいて、母さんは片方の腕だけを土の中から出している。僕はシャベルを使って母さんに傷をつけないように慎重に、でも何かに急かされているような気持ちで土を掘りかえす。黒く湿った土のあいだから伸びた、母さんの青白い腕。やがて見えてくる肩と頭部。でも母さんは、胸まで見えても目を開けない。腕も頬も蠟（ろう）のように固く、ぞっとするほどつめたいままだ。「母さん？」と僕は呼ぶ。母さんは返事をしない。瞼はしっかり落ちたまま、睫毛一本ふるえない。細かな土塊（つちくれ）が、凝固した血液のように皮膚を汚している。そうして僕ははたと気がつく。そうだ、母さんは死んでいるのだった。もうずっと、この先ずっと死んでいるままなのだ、と。そこできまって目を覚ます。目を覚ましてもしばらくは、夢が夢であったのか判然としない。寝間着が湿るほど汗をかいているのに、体中が粟立っている。夜明け前の部屋は土の中みたいに暗く、僕は動悸がおさまるまでその暗闇を凝視する。

「うまく言えない」僕は言った。自分から切り出したくせに、いざとなるとどんなふうに話せばいいのかわからなくなってしまった。「とにかくすごくいやな夢なんだ」

ミリアムはゆっくりうなずいて、「わかるわ」と言った。「そういうことって誰にでもあるもの」言いながら、テーブルの上の僕の手に自分の手を重ねる。体温。

試合が再開したのか、店内がにわかに賑わいはじめる。店の熱気がピークをむかえるより先に、僕らはそれぞれのグラスの酒を飲みほして店を出た。

その宗教では、あちらの自分がどうぞ幸せでありますように、と祈るのだそうだ。あなたは一人じゃない、私がいます。そういうふうに祈ることで、魂を救済するらしい。あちらの魂を救済することは、すなわちこちらの自分の魂を救済することにもつながるから。

「魂の救済をお祈りするのよ」母さんは言った。リビングに拵(こしら)えた、ちいさな祭壇にむかって手を合わせながら。祭壇にはグレープフルーツほどの大きさの、銀色の球体が置かれている。球体は鏡のようになっていて、手をあわせて項垂(うなだ)れる母さんと、その背後から母さんを見ている僕とが歪んで伸びて映りこんでいる。

僕は「そうなんだ」と言った。魂の救済って何、とは訊かなかった。誰がどうやって、いったい何から救ってくれるの、とも。母さんはまだ年寄りだけど、若くなればもうすこし現実的になってくれるだろうと思ったからだ。生きていくのは心ぼそいから、何かにすがっていたほうが楽なんだ。


母さんの曲がっていた腰はいつのまにかまっすぐ伸びて、肩や頬にも肉がつくようになった。例の宗教には今も入っていて、祈りもあいかわらず欠かさない。僕の髪はすっかり黒くなり、やわらかかった腕や腿はすっかり硬く逞しくなった。母さんを掘りだす夢は、もうずいぶん前から見なくなっていた。ミリアムとはけっこう長いこと交際したけれど、彼女が別の会社へ移ってすぐに別れてしまった。代わりにというわけではないけれど、タローと頻繁に寝るようになった。タローは奥さんと別れ、今は大学に通っている。娘二人はそれよりすこし前に、奥さんのお腹に還っていた。

隣で眠るタローの瑞々しい肢体をながめながら、僕はときどきどうしようもなく、やるせない気持ちになる。タローはこれからも僕よりはやく若くなっていく。もちろん僕もその後を追うけれど、遠からず、僕らは別々になるだろう。成熟が解きほぐされていくのは自然の摂理で、僕らはそれにあらがうことができない。タローの寝顔を見ているときのこの気持ちは、さびしいという言葉がいちばん近いけれど、近いだけでまったく別のもののように思える。でもこの気持ちだって、そのうち消えていく。僕の知識や興味や世界はどんどんせまくなっていき、わかることも減っていく。思考も感情も感覚も、どんどん単純になり、やがてちいさな命のかたまりになって消えていく。

窓からの朝陽に照らされて、タローの肌が淡く染まる。皮膚の下の血の色が透けているみたいだと思う。母さんがいつか言っていた言葉を思い出す。あたたかい光の色。

朝陽と夕陽の、色に違いはあるんだろうか。タローがまぶしそうに瞼をふるわせる。薄くひらかれた唇から煙草の香りがする。そっと手をかざしてやるとタローの顔に影が落ち、僕の手の甲が光に染まった。

病院島の黒犬。その後

希八さんは今日も白い服だ。白い麻のズボンに白い麻の上着、ズボンにも上着にもいつもすこし皺がよっている。麻は皺がつきやすいのだと鬼江さんは言う。だからあれくらいの皺だとすくないほうなのかもしれない。希八さんはたぶん服には気をつかっている。けれど髪はあまり気にしない。長い髪は撫でつけられてはいなくて、いつももじゃもじゃで、もじゃもじゃなのに寝癖がつく。わたしは希八さんの寝癖の観察をする。右側が渦を巻いているようなときもあるし、左後ろで生きているみたいに一房浮きあがっていることもある。そこだけ反逆していて、撫でてもまたはねる。どういうふうに寝たらあんな寝癖がつくのだろうか。寝相が悪いのか。でも寝癖は一定の時間同じ体勢でなかったらつかないはずだ。寝相が悪いと言うのはしょっちゅう体の向きを変えたりするのを指す言葉じゃないだろうか。けれどそもそも希八さんはそんなに長い時間寝ているのか。食堂の二階はいつも電気がついているからあまり寝ていない気がする。

ずるしちゃだめだよ、希八さん、と今日も乃亞子さんに言われている。トランプをやっているのだ。そう、希八さんはちょっとずるい。ずるをするのはトランプくらいで、ほかのことでごまかしたり嘘をついたりはしないけれど、なにかがずるい。わたしも乃亞子さんに同感だ。乃亞子さんは民宿がやっている食堂のウェイトレスだ。島のこちら側に食堂はみっつあってそのうちのひとつで、本通りをはさんでわたしの家の向かい側にある。乃亞子さんと希八さんは食堂が暇なときにトランプかオセロをしていて、ふたりがオセロをしているとおもしろい。乃亞子さんはいつも黒い服だ。だから希八さんと並ぶと白黒になるのでそこもオセロだ。白黒の服で白と黒の丸いプラスティックをいじっていると絵本の一ページを眺めているような気持ちになる。

「しす子さん、なにがおかしいの?」と、乃亞子さんが言うので考えていることを口にすると、希八さんは真面目な顔で、ぼくはオセロがとても弱くて子供のころからそのことが悲しかったんだよとトランプの絵札を見ながら言う。

お客さんはこない。お昼時はもう過ぎている。店の前を通る人もいなくてわたしはふたりを見て外の夏休みの午後をぼんやりと見る。

希八さんは一年くらい前に島にやってきた。最初は客として民宿に泊まっていたけれど、いまは通り側の客室をアパートのように月払いで借りている。働いてはいない。でもすこしだけお金をもらって音楽を教えている。学校のピアノを使って。ほんとうはいけないんじゃないだろうか。学校の音楽室、備品のピアノを使うのだから。宮橋先生さんがそういうことにあまりうるさくないからできるのだろう。宮橋先生はあまり好きではないけれど、細かくないところはいい。わたしは学校のピアノで希八さんに習う。小学生のときにカンナ先生がバイエルを教えてくれた。大きな楽譜で音譜の読み方も教えてくれた。でもカンナ先生がいなくなったのでわたしはいまもほとんど弾けないし、のろのろとしか楽譜が読めない。一年だけ病院島にきたカンナ先生、青いカーディガンで、声がきれいで、すぐに本土に帰ってしまった。カンナ先生は最初から島が好きじゃなかった。

カンナ先生がいなくなったあと、鬼江さんにピアノを習わせてくれと頼んだら、島で教えてくれる人はいない、病院島にピアノを弾ける人はいない、という答えが返ってきた。探しもしないでどうしてわかるのかとそのときは不満に思ったけれど、学校のピアノは空いているのだから希八さんに貸してもいいじゃないかと宮橋先生に言ってくれたのは鬼江さんだった。そのおかげでわたしはピアノを教えてもらうことができる。びっくりしたのだけれど希八さんは父さんの知りあいだったと鬼江さんは言う。どういう知りあいだったかは教えてくれない。わたしはとても知りたいのだけど教えてくれない。

病院島は風が強いようだ。カンナ先生もそう言っていたし本土からきた人もそう言っていた。病院島というのは正式の名前ではないけれど島にとって病院の存在はあまりに大きいのでそれ以外の名前で呼ぶことができない。東側は砂浜、南は崖で、わたしの家がある北側には堤防があって、フェリー乗り場がある。そして乗り場から本通りが伸びていてそれに沿って町がある。町のどこからでも病院が見える。晴れた日も雨の日も冬も夏も病院は見える。本通りは狭くなって、ゆっくりと坂になり、周囲は畑や田んぼになって、それから森になる。道は森のなかをだらだらと登る。広い道ではないので車がきたら木のあいだまでさがって避けなければならない。

森を過ぎると短い草に覆われた斜面で、病院の白い門が見える。大きな病院、きっと誰もがそう思うはずだ。白い壁の城のような建物。病院島は小さいけれど病院は大きい。だから病院島なのだ。

島は昔にぎわっていたし、人がたくさん住んでいたし、たくさんやってきた。院長先生は難病の名医だったのだ。名前は大角先生、大角兄先生だ。兄弟で病院を経営していた。遠いところ、外国からも患者がやってきた。子供も大人も女も男もきた。

大角兄先生は学会に出席するために本土にいって交通事故にあった。不注意運転の車に轢かれたのだ。兄先生は学会にはめったにでなかった。断りきれずにたまたま出席を了承したのだ。そしてたまたま事故にあって病院に運ばれてそこで死んだ。大角兄先生を好きだった人は悲しんで、嫌いだった人たちは悲しみはしなかったけれど島の未来を思ってため息をついた。大角弟先生はまだ病院にいて診察している。弟先生は難病の専門家ではなく、普通の内科の先生で、ぼくには兄と違って医者の才能はあまりなくてね、というのが口癖だった。そしておとなしい。おとなしいまま年をとって老先生になった。弟先生は黙っていると置物のように見える。

病院はほんとうに大きく、使っているのは一部だけで、広い中庭がある。そして犬がいる。黒い中型犬で放し飼いにされている。放し飼いは島では珍しくない。病院の犬はいつも寝ている。老犬だ。弟先生と同じだ。やっぱりおとなしい黒犬はよく女の人のスカートのなかに頭をつっこむ。わたしもやられた。病院の犬は人の言葉が話せない。

希八さんは音楽に詳しい。音楽に関係のある仕事をしていたようだけれど、自分ではそんなことは言わない。自分ではフーライボーだと言う。でも宮橋先生と話すときに音響心理学とか人工歌唱なんていう難しい言葉を使っていた。小さいコンピューターに向かって猫背になって文字を打つ。ぶつぶつ言いながら。見ているととても面白い。首をかしげて、眉を寄せて頭を掻きむしる。そして民宿の二階でラジオの受信機を組みたてる。なんでそういうものを作るんですかときくと、はじめは質問の意味がわからなかったようだけど、そうか、理由があるはずだよな、この小さい音が好きなんだ、ぼくは小さい音のほうが好きなんだ、と言う。どうして小さい音のほうが好きなんだろう。小さいと聞こえにくいのに。

病院島の北には本島があり、その向こうに阿西島(あすじま)がある。阿西島は漁港があるので病院島より大きい。本島はもちろんそれより大きくて、高校があって大きなスーパーマーケットがあって、テレビやコンピューターを売る電気屋もあるし、本土で売っている服が買える。本も買える。病院島はさびれる一方だから、役場は観光に力を入れようとしている、でも観光するところなんか西の砂浜くらいしかなくてそこは湾になっていて宿が数軒あるのだけれど、役場は大きな企業に声をかけてそこに観光施設を誘致しようとしている。

役場、郵便局、食堂、民宿、喫茶店、雑貨屋、美容院、マッサージ。夏の昼間の本通りに人はあまりいない。道沿いに思いだしたように木が生えている。街路樹のつもりだ。木はほかの木と一緒にされてそう呼ばれていることをどう思うのだろう。自分は木だとは思うかもしれないけれど街路樹だと思うのだろうか。ラジオの音。隣の家のおじいちゃんは耳が遠いのでとても音が大きい。すべてが海の匂いに包まれて、すべてが陽に灼けている。島では変わったことは起こらない。でなければ起こることは全部変わったことだ。いまは夏でずっと夏だったような気がする。レンズが歩いていく。灯台にいくのだろう。レンズは郵便局と灯台が好きだ。

十一時に学校で希八さんにピアノを教えてもらうことになっていた。前は時間を決めて音楽室で待っていたけれど、希八さんがなかなかこないときがあって結局戻って部屋まで迎えにいった。希八さんは仕事に夢中でわたしのことを忘れていたようだった。それからはまず民宿にいって一緒に学校に向かうようになった。

乃亞子さんに呼んでもらおうと思ったけれど店が忙しく、自分で二階にいってと言われた。希八さんは短波ラジオをいじっていた。わたしの顔を見るとうなずいて、でもそのまま手を動かしていて、小さい機械から聞こえる声は何語かわからなかった。雑音に埋まった言葉。戦争がはじまるかもしれない。と希八さんは言う。「どこではじまるんですか」ときくと、まったく知らない国の名前が返ってくる。下で待っていると白い服に着替えた希八さんが降りてくる。音楽室で希八さんは楽譜の読み方とバイエルのつづきを教えてくれて、コードというのも教えてくれた。それがわかればいろいろ便利だと言っていたけれど、どういうときに便利なのかよくわからなかった。コードには色々名前があって、音に名前があるのは不思議だった。

一時間くらい経って、今日はこのへんにしておこうと希八さんが言った。「人がくるんだ」と言ったので気持ちがざわわした。どういう人なのかきくと話してくれて女の人だった。むかし一緒に音楽をやっていた人だと言う。

食堂の前でわかれて、希八さんはフェリー乗り場に向かった。かばんを家に置いて、わたしもフェリー乗り場に向かった。フェリーはもう着いていて、白い服の希八さんはタラップからすこし離れたところに立っていた。どの人が希八さんが待っている人なのかはすぐわかった。わからないほうがおかしかった。髪が緑色だったのだ。どうしてそんなふうに感じたのだろう。髪がきれいな緑色だったからだろうか。このひとは大事なひとだった。希八さんにとってというだけでなくこの世界にとって。観光客のように旅行用のスーツケースを引いてはいなくて背中にリュック、それに大きめのバッグを手に持っていた。髪の色のせいで大きな珍しい鳥か虫、人間じゃないものみたいに見えた。そして色のきれいな世界からやってきた。ここよりも色のきれいな世界から。希八さんに気づかれるのはいやだったけれどわたしは近よった。話を聞かなければならなかった。なんでもない振りをして希八さんの背中に近づいた。髪、あいかわらず、櫛をいれてこようと思ったんだけど、時間がなくて、こんなところで暮らしてても時間がないの？　けっこう忙しいんだよ、いろいろ考えることがある。

夜になって希八さんが玄関まできて鬼江さんに言った。

「ふじこさんがきてるんですよ」

「そうなんですか、それは挨拶しないと」

どういうことだろう。なぜ鬼江さんがあの人のことを知っているのだろう、とわたしは不思議に思う。ついていくことにした。

食堂で四人で話をした。いや、三人が話した。いったいなにが話されているのかわたしにはわからなかった。ノッティンググリッスルという言葉が何度も聞こえた。

「こんなところで会って話ができるってすごいわ」と鬼江さんは言った。

希八さんが電話の画面でふじこさんの最近の仕事というのを見せてくれた。ふじこさんは「不死子」と書くらしかった。

一時間ほどしてから鬼江さんがそろそろ家に帰ると言ったけれど、わたしはまだ帰りたくなかった。鬼江さんはふたりは話があるだろうからと言い、その言葉に希八さんはもうちょっといいんじゃないかなと答えてくれた。不死子さんもうなづいた。でもそれからはもっと聞くだけになった。

「希八さん、シレーヌはいつ完成するの？」と不死子さんは言った。シレーヌってなんだろうとわたしは思った。不死子さんはわたしの顔に浮かんだ表情に気づいた。「この人は人工歌唱を完成させようとしてるの。シレーヌっていうのはその計画の名前」

「わからないな、でも完成はしそうだ」

「シレーヌはわたしを超えられる？」

「どうだろう、そもそも人間の歌を超えるみたいなことは考えてないんだ。誰にでも声を提供したいってだけだから」

眠くなったのでそろそろ家にもどるとふたりに言った。

立ちあがってカウンターのなかの乃亞子さんにおやすみなさいを言った。希八さんと不死子さんはもう自分のほうを見ていなかった。「どうしてわたしを置いてここにきたの？」とふじこさんが言ったようだった。

つぎの朝の早い時間に希八さんがわたしを呼びにきた。

不死子さんは一泊だけで本土に戻る予定でその前に病院を見にいくらしかった。病院にどういう用事があるのだろうとわたしは思った。そのあとで学校も見たいということだった。病院は出入りは自由だけれど、ふたりだけで学校に入ることはできないから、一緒にきて欲しいんだ、希八さんはそう言った。

校門の前で待っていると、森の道からふたりが現れた。不死子さんは髪と同じ色の服を着ている。あっさりとした線の複雑な服。わたしよりずいぶん背が高い。わたしは案内して説明する。小学校は全部で十九人、中学校は七人、ここは体育館、ここは図書室、屋上、屋上からは病院がよく見える。不死子さんは写真をたくさん撮った。なにか目的があるような撮り方だった。二階の教室の窓から不死子さんは病院を長いあいだ見ていた。なぜ病院にいったかききたかったけれど、きけなかった。

「ピアノ弾くみたいね」

わたしのほうを見て、不死子さんが言った。

わたしは音楽室に案内した。不死子さんはピアノを弾いて歌うのかもしれない。そんな気がした。けれどその予想はあっさり外れた。まちがいなくピアノが弾けるはずだったけれど弾かなかった。ただ写真を撮った。

民宿に寄って不死子さんの荷物を拾って、そのまま三人でフェリー乗り場に向かった。

三人とも口をきかなかった。

不死子さんはじゃあと言って、タラップに向かい、けれど引きかえしてきて、バッグのなかを探って、なにかを取りだしてわたしに差しだした。

「これあげる」

手が勝手にのびてそれを受けとり、小さく薄く重い。

不死子さんはフェリーに乗りこんだ。

不死子さんはデッキに立ってすぐに電話を取りだした。希八さんの電話が鳴って、希八さんは電話の画面を見た。そして耳にあてた。

「このテンポが耐えられないから帰ってくれって」

不死子さんらしいなって言って希八さんは笑った。

わたしたちは不死子さんに手を振った。不死子さんは不機嫌そうな顔でちょっとだけ手を振りかえした。

わたしたちはフェリー乗り場を後にした。

すこし離れてから希八さんは振りむいてフェリーを見た。

わたしは歩きながらきいた。あんなにきれいですごい人と一緒にいたいと思わないんですか。希八さんは笑う。思わないこともないけど。どうしてだろうな。ぼくにもわからないんだ。希八さんはいつか病院島をでていくんですか。一瞬だまって、希八さんはわたしの顔を見る。それからうんと言う。まだ先かもしれないけど。

ここはいいところだ。

本土の街には雨が降ると頂上が霞むほど高いビルがあってそれはとても大きくてただのビルなのにそこで暮らせる街のようだと言う。エレベーターやエスカレーターが動いていて、わたしはそのどっちも見たことがない。そして本土にはたくさんの道があるはずだ。本土の道には埃は積もってないだろう。土の道なんてない。わたしは土の道を走る。坂道を走る。坂道は走りにくい。そうやって走ると自分のなかからたくさんのものが噴きだしてくる。わたしは黒くて醜い小石がつまった袋だ。わたしは汚い泥水の入ったバケツだ。小さいカラスみたいな鳥が胸にたくさんいてぎゅんぎゅんと鳴く。きらいだ。きらいだ。

きらいだ。だいきらいだ。おまえなんか死んでしまえ。わたしは不死子さんからもらったものを投げすてる。草の生えたところまで放る。けれどすこし歩いてから引きかえす。探して拾う。四角く平たくてなんだかわからないもの。電話ではない。慟と風が起こって木がいっせいに鳴る。目の前がカーテンのように揺れる。世界が何度もひっくりかえる。誰もいないところにいきたくなって、わたしは病院への道を歩く、正門を抜けると、黒の姿が見える。寝ている。おじいちゃんが入院していたときよくきていたので、だいたいの造りはわかるけれどとにかく大きな建物だったので見たことがない場所もたくさんあって、わたしは正面の棟と塀の隙間を目指す。日陰で暗い。そこからだと中庭には入れないらしい。だんだん草が深くなる。そのまま三つ目の病棟を過ぎると中庭の噴水が見えた。草が繁り放題。中央の噴水は涸れてなかに木の葉がたまっている。静かだった。山の頂上はいつも風があるけれど中庭までは入ってこない。

四つ目の病棟の入り口には鍵がかかっていた。ほかに入り口がないか探していると右の渡り廊下のドアが目に入って、把手をまわすと鍵がかかっていない。

土足で上がるわけにはいかなかったので、靴を手に持って靴下で歩いた。けれど病棟に入ってすぐのところ、なにかの検査室の前にスリッパ立てがあって、そこに青と赤のスリッパが刺さっていて、わたしは赤いスリッパを借りる。

太陽の光でまぶしい階段をゆっくりと二階まで上がった。長い廊下の両側は病室で、とても静かだ。わたしは中庭に面した病室に入ってみる。ベッドがみっつ。どれもマットが剝きだし。埃が積もっている。カーテンは引かれたまま。窓際のベッドの埃をはらってスリッパを脱ぎ、横になる。そして眠る。

顔に柔らかいものがあたってわたしは目を覚ます。目まぐるしく変化するなにかの模様が目にはいる。模様ではなかった。部屋中を羽蟻が飛びまわっているのだった。わたしは跳ねおきて、頭を両腕でおおって病室の外へ飛びだす。たぶんなにか叫びながら。廊下には羽蟻はいなくてしんとしている。自分の息の音が聞こえるだけだ。振りかえって病室のなかを覗く。羽蟻はいなかった。みっしりと部屋の空間すべてを埋めていた虫は消えていた。夢だったのだろうか。わたしは病室に入ってスリッパを履いた。

外で音がしたような気がしたのでカーテンのすきまから中庭をのぞくとレンズが噴水の横を歩いていた。レンズは長枝さんの家の子供でいつも汚れた大きな布のかばんを持っている。いまも持っていた。むかし郵便配達の人が使っていたものだそうだ。レンズの心は五歳くらいで停まっている。レンズは郵便局が好きでいつも手紙を届ける遊びをしている。

レンズは棟と塀の隙間に消えた。どこへいくのだろうとわたしは思った。奥になにかあるのだろうか。

わたしは病室をでて庭に下りる。レンズが姿を消したところにいき、ようすをうかがう。塀のさきに木戸があって、レンズはそこから外に出たらしかった。塀の向こうは森のようになっていた。道はあるのだろうか。わたしはゆっくりと木戸までいき、戸を押して外にでる。

濃密ななにかの匂い。なにかが腐った匂い。鼻を押さえながら進んだ。進むごとに匂いは強くなり、気が遠くなりそうだった。レンズの姿は見えなかった。どこへいったのだろう。道はすこし下っていた。この道は山の反対側につづくのだろうか。

細い道からもっと細い道が右にでていて、迷ったけれどそっちに折れた。木の葉で太陽の光が届かない。暗い。突然開けた場所にでて、そしてそこに思いがけないものがあった。

ポスト。

塗ったばかりのように赤いポスト。

これは本物なのだろうか、さっきの羽蟻のように夢ではないのだろうか。けれどいま自分は起きて立っている。いやそう思っているだけだろうか。目をつぶってそれからゆっくり開けてもポストは消えなかった。頭の上でなにかの鳥が鳴いた。こわくはなかったはずなのに、体が震え、わたしはきた道を早足で引きかえした。

病院の風が雲を呼び、雲が雨を呼び、その夜は台風のようになって、わたしは熱をだした。

布団のなかで風と雨の音を聞きながら、これくらいだったらこわくはないと思った。島が壊れるかと思った台風もあって、そのときは病院島が沈むかと思った。こんな小さな島はいつ沈んでもおかしくない、船だったら嵐も乗りきれるかもしれないけれど島には無理だ、島は動けないから。熱のせいで宙に浮いたような気持ちでわたしはそんなことを考えた、でもいつのまにか眠ってしまった。

つぎの朝、体温計が見せた数字は平凡だった。鬼江さんは風邪じゃなかったのねと言った。天気もよくなっていて、午前中は宿題をして、思いだして不死子さんにもらったものを眺めてみた。やっぱりなんだかわからなかった。つるつるしていてボタンやスイッチらしいものがあるけれど押してもなにも起きなかった。宿題をすませてからわたしは希八さんにそれがなんなのかきいてみた。

「そうか、あのとき不死子さんが渡したのはイーミュレイターだったのか、よくくれたなあ。まあいくらでも買い直せるけれど」

イーミュレイターというのがなんなのかときくと、楽器のようなものだと言った。ピアノが百台入っているようなものだ、使い方を教えようか、と言った。まず一台のピアノでいい、なんでくれたのかわからないとわたしは言った。

「なぜだろう。あの人は気まぐれだからぼくにもよくわからない」

病院のポストのことを言おうと思ったけれど、やめた。

希八さんは短波ラジオをいじる。ラジオから声が流れて、ニュースが流れて、音楽が流れる。世界から忘れられたようなこんな小さな島にもそれは届く。電波の手紙だ。

電波の手紙、と言うと、希八さんはにっこりする。

でも、こっちからは出せない、電波のポストはない、この島には、と言うと、希八さんは首をかしげる。どうだろう、しす子さんが手紙で、同時にポストかもしれない、希八さんは笑ってそう言う。わたしには意味がわからない。

希八さんの部屋は二階でわたしの部屋も二階で、わたしの部屋から鬼江さんがびっくりするくらい大きな声でさけぶ。しす子さん、おひる、とわたしを呼ぶ。わたしは階段をおりてサンダルをはいて、食堂を抜けて、外にでる。病院の黒が通る。ここまで遠出してくるのは珍しい。風がまたすこし吹きだす。黒にも吹きつける。けれどこの風も病院の黒から黒の色を剝ぎとることはできない。風にはそれはできない。

メロンパン

今日はタンポポを百本つむ日にしようと決め、歩いて川原まで出た。

よく晴れた日で、水の表面がきらきら光って風があたたかい。川原でピクニックの日にしてもよかったかな、ちらっと思う。

玉石を突き破るようにしていたるところ緑が萌え出ていて、あるある、目にしみるようにまっ黄色のタンポポが、あっちにもこっちにも。一つの株から五つも六つも咲いているのを全部つみ取ってしまっては申し訳ないので、半分は残すというルールを決め、頭の中で数えながらつみはじめた。

つんだタンポポを端からバケツにひょいひょい入れながら、いろんなことを考えた。5、花切りばさみをもってくればよかった。手でつむと汁で指がべとべとになる。16、この汁、なんだろう。血みたいなものかな。白でよかった、赤だったらすごく怖い。23、あっこの花なんだっけ。紫色の、花びらが四つある。きれい、これもつもうかな。いやでも今日はタンポポに集中だ。

31、と数えたところで急にぐらりと眠気が来た。夜の自然な眠さではない、もっと強く鋭いやつ。え、もうだっけ。あせって今日が何日だったか考える。いくら何でもまだ早い。春だからかな。春は眠りが多いっていうことわざ、あったような気がする。

しゃがんでうつむいている背中に日が当たってぽかぽかする。遠くで知らない鳥が鳴いている。ピーヒョロロロロ。姿は見えない。ウグイスかな。猫かもしれない。

そういえば昨日、いっしょに夕焼けを見た耳尾さんからすごい話を聞いた。耳尾さんが飼っている猫が、偶然にも近所の小学生の男の子の――

また突き上げるような強い眠気が来た。くらくらしながら袖をまくって手首のゲージを見た。一を切っている。まさか。何かのまちがいじゃないか。でも仕方がない、今日はもう帰ったほうがよさそう。いくつだったかわからなくなっちゃったし。

バケツを提げて家に帰って、タンポポを花瓶に活けた。全部で五十二本あった。ココアをいれて、タンポポを見ながら飲んだ。今夜の天気予報を確かめる。天気は快晴、気温十八度。風は南風。

日が沈んでから屋上にあがった。ここはこのあいだから目をつけておいた場所で、まわり全部が空だし、花壇を囲んで、ちょうどいい感じのベンチもある。鉄の扉をあけて屋上に出ると、風の中に甘いいい匂いがまじっていた。

ベンチに先客がいた。ときどき廊下であいさつする四階の人だ。「こんばんは」と声をかけると、あら、と言って笑ってから、「おひとついかが」と差し出された。メロンパンだった。さっきのいい匂いはこれだったか。

メロンパンをかじりながら、花壇をはさんだベンチのあっちとこっちに寝ころがって話をした。彼女は前からここがお気に入りで、もうこれで三回めだという。今日は「ん」の日で、「ん」がつくものだけ食べることにしたそうだ。こんにゃく。おしんこ。豚汁。大根の煮たの。メロンパンは「ん」が二つもつくから優秀なんだそうだ。私もタンポポの話をした。楽しかったけど、途中でゲージが切れたから半分しかつめなかったんですよ、まったく不意打ちで、と言うと、彼女も予定よりずいぶんと早いのだと言った。「なんだかね、最近そういう人が増えているんですって。役所の人がそう言ってた」

ふうん。それってどういうことだろう。みんなの周期がいっせいに早くなったら、どうなるんだろう。耳尾さんの猫の話をしようかと思ったけれど、やめておいた。何となく、初めての会話で話すようなことではない気がしたから。

会話が途切れた。気がつくと空に月がのぼっていた。満月だろうか、黄色くてまん丸で、ものすごく大きい。ああきれい、と言おうとして、言葉のかわりに何かがぷるんとこぼれ出た。はじまった。口から透明のゼリーが次から次からあふれ出て、体全体をおおっていく。おおわれるにつれさっきまで吹いていた少しひやっとした風が遮断され、あたたかくも寒くもない、気温というものが存在しないようなふしぎな感覚に包まれる。ゼリーが耳に達すると音が消え、目、そして頭のてっぺんまで達して、ゼリーの繭(まゆ)が完成する。四階の人はどうしたかなと思って横を向いたけれど、ヒヤシンスの陰になって見えなかった。きっと同じように包まれているだろう。ゼリーの繭は、日はちがってもいつも同じ時刻にいっせいに起こるのだから。

こうして包まれていると、とても心が落ちつく。じっさいこの繭ゼリーはとても安全だ。外気からも敵からも守ってくれ、外からはけっして破ることができない。たまに公園や道の真ん中でうっかり繭になってしまった人を見かけるけれど、誰かがそっと邪魔にならない場所に運んであげて、あとは何の心配もいらない。

月を見あげた。さっきよりさらに高くのぼっていよいよ明るく、それがゼリーごしに滲(にじ)んでゆらゆら揺れて、まるで川底から眺めているようだ。どこからかいい匂いがする。繭に包まれてるはずなのに、おかしいな。ああそうか、月の光の匂いなのか。月にはカニが住んでいるという言い伝えだけれど、私にはどうしてもそうは見えない。どっちかというと二匹のアリがボンゴを叩いているみたいだ。そんなことを考えているうちにもういちど強烈な眠気がやってきて、何も目を覚ますと、あたりはもう明るかった。ゼリーを破って外に出た。日の高さからして八時ぐらいだろう。反対側のベンチはすでに空だった。四階の人の名前を訊くのを忘れてしまった。次に会ったらちゃんと訊こう。それからメロンパンのお礼も。

抜け出たあとのゼリーが日を浴びてみるみる縮んでいく。子犬ぐらいのサイズになったところで両手で丸めて玉にした。今日のはうっすら黄色みを帯びている。タンポポの夢をたくさん見ていたのかもしれない。

ベンチの隅に、本体からちぎれたゼリーの切れ端があった。そこだけは黒に近いような藍色で、それも丸めて小さな玉にしてポケットにしまった。

いつものように役所に行き、窓口で玉を納めた。顔なじみの窓口のおばさんは、玉を受け取ると、まあきれいな黄色ね、飾っておきたいくらい、と褒めてくれた。なんだか最近あんまり大きくなくて、ごめんなさい、と言うと、おばさんは少し顔を曇らせて、いいのよ、あなただけじゃない、さいきん集まる玉がちょっとずつ小さくなっているの、そう言いながら玉をカプセルに入れてシューターのスイッチを押した。夢を吸った玉はどこか遠くの工場に送られ、そこで夢成分だけが抽出されて、いろいろなものに加工されるのだという。そうやって集められたおおぜいの人々の夢で、この世界は成り立っている。メロンパンも、ベンチも、ココアも、バケツも、タンポポも。

今日の私のタンポポの（かどうかはわからないけれど）夢は、何になるんだろう。バターだろうか、黄色いシャツだろうか、トパーズだろうか。それを知ることはできない。工場がどこにあって、そこでどんな加工が行われているのかは秘密にされている。私たちはみんな、自分の夢から作られたものといつかどこかでめぐり会うことを夢見ている。そうすれば自分がこの世界の一部をたしかに作ったのだと信じられるから。自分の夢から作られたものは、見た瞬間に幸福感に包まれるからすぐにわかるのだという。もちろんそんなのは奇跡に近い、あり得ないくらい低い確率だけれど、私もいつかそんな出会いをしてみたい。耳尾さんの猫と、あの小学生の男の子みたいに。

川べりの道を家に向かって歩きながらポケットに手を入れて、出さずにおいた藍色の玉に指でふれた。おばさんには言わなかったけれど、私にはゆうべの夢の記憶が少しだけ残っている。本来あってはならないことだ、夢はすべてゼリーに吸収されて、資源として回収されるはずなのだから。

覚えているそれは、どこかちがう世界の夢だった。その世界で、人はみんな苦労して日々の糧を得、生きることは苦しみだった。口から繭も出さず、何からも守られず、毎日疲れて不安だった。かわりに毎晩たくさんの夢を見た。その夢の中で、「夢」とは明るい希望に満ちたものを言いあらわす言葉だった。世界を作る道具ではなしに。

私以外にも、こんなふうに夢を記憶している人がいるんだろうか。だからさいきん夢の玉が小さく、間隔もせばまっているのだろうか。加工できる夢が減っていったら、世界は縮んでしまうのだろうか。私が手元に残したこの藍色の夢の玉、こんなのをみんなもこっそり持っているんだろうか。それを集めて加工したら、いったいどんな世界ができあがるのだろう。

家にもどると、花瓶に活けておいたタンポポはみんな綿毛に変わっていた。花瓶ごとベランダにもっていって勢いよく吹きとばすと、綿毛は川原のほうに向かってふわふわ飛んでいった。明日を何の日にするか、考えなければいけないのに、何も思いつけなかった。

草原では人の頭よりよほど背丈の高い草が巨大な獣の豊かな毛並みのように風に梳かれ、森は真夏の真昼でも暗く、見上げれば木漏れ日が乾き切って死ぬ間際の水のように強烈に目を刺した。

高なんとか君

隣のクラスの高橋だか高倉だかいう奴に霊感があるらしいという噂を聞いて、俺と須郷と岩重は放課後そいつを部室棟の裏に呼び出してとりあえずボコボコ殴った。「やめて〜」。高木だか高峯だかいう色の白いそいつは鼻血を出しながら呻（うめ）いた。「幽霊見えるってマジなん？　なあマジなん？　なあ。なあって」。俺は訊いた。そして殴った。ボゴンボゴン。「マジや〜」。バゴンバゴン。見ず知らずの相手にいきなり呼びつけられて名前も教えられないまま殴られるのはかなりの恐怖だっただろうが、そういう俺らだって怖かったのだ。噂によるとこいつは北校舎の三階の男子トイレに幽霊がいるとか言ったらしく、それは俺らがいつも使っているトイレだった。おかげで気の弱い皆瀬なんかはまともにトイレに行くことができなくなり、尿意を催すたびに渡り廊下を通って中校舎まで行っていたのだが、なんとこいつは渡り廊下にも幽霊がいるとか言い出した。いよいよ追い詰められた皆瀬は一昨日とうとう授業中に小便を漏らして、昨日から学校を休んでいる。

小便を漏らすほどではないにせよ、いつも使うトイレに幽霊がいると言われて気持ちがいいはずはない。休み時間にトイレに行くたび「そういえば……」と思い出すし、小ならまだしも大の方はなるべくやりたくない。個室に入って鍵を閉めて、そのままあっさり済んで出てこられればいいが、もし手間取って休み時間が終わって皆が教室に入ってしまったら。静まり返った校舎のトイレで一人でシン……としゃがみ続けねばならない。そんなことになったら尻を拭くのもそこそこにトイレから逃げ出してしまうだろう。

霊感云々の真偽はともかく、そんな訳の判らんものを使って平穏をかき乱そうとしてくる高ヶ峯だか高瀬川のことが俺は許せなかった。確かめようもないものの力を借りて何らかの優位に立とうとしているようにも感じた。あ、君らは見えないんだ、ふうーん……じゃあ気にしなくていいんじゃない？　見えないんだったら別にいないのと一緒でしょ？　だったらいいじゃん。僕ならあそこは使わないけどね。はは……。まあ俺はこいつと口を利いたこともなかったから実際どんな口ぶりで校内の心霊スポット情報を広めたのかは知らないが、とにかくその発言によって異物が紛れ込んできたことは確かだ。こいつは幽霊だか何だか知らん訳の判らんものによって俺の世界に攻撃を仕掛けてきたのだ。ならばこっちもやり返させてもらう。お前が霊感とやらで攻撃しようとした現実世界の方法で。バスンバスン！　体をくの字にしてコンクリ地面に横たわるそいつの腹に俺は蹴りを入れる。ソフトカラーの学生服が砂や埃で真っ白になっている。「霊感ってマジなん？　なあ？」。

代わる代わるそいつをしばきながら俺らは訊ね続けて、そのたびにそいつは「ホンマや～」と答えた。そのたびに俺らはまたバゴバゴ殴った。「ホンマにマジなん？　なん？」「マジですぅ～」。ボゴンボゴン！

……俺はどう答えて欲しかったんだろう？　幽霊が見えるなんて嘘だと、トイレに幽霊がいるなんてのは口から出任せだったと、そいつに言って欲しかったんだろうか？　そうなのだろう。暴力で無理矢理引き出した言葉なんてなんの意味もないが、そう判った上でも、とにかくそいつの口から嘘だと言わせたかったのだ。幽霊がいると言ったその口で、実は全部嘘だったと打ち消して欲しかったのだ。

でもそいつはなかなかに強情で、いくら殴られても言葉を撤回しようとはしなかった。だんだん疲れてきた俺は少しばかり譲歩して、「北館に幽霊おるってマジ？」と訊いてみた。するとそいつは「います～三階の～男子トイレにぃ～」。俺は腹の中で何かが急速に冷えていくのを感じた。しかし頭は熱くなって、「嘘つくなボケ！」地面に転がるそいつの頭にフリーキックばりの蹴りを入れた。片耳にかろうじて引っ掛かっていた眼鏡が飛んだ。グギグギに曲がった銀縁の丸眼鏡がコンクリの上を情けなく滑って行った。

本当はここまでやるつもりじゃなかったのだ。ちょっと軽くシメて「幽霊なんて嘘やんな？」って肩を組んで、こいつが「ちょっと目立とうとしただけや～ん」と言ってくれたらそれで終わるつもりだった。でもいくら訊いても俺の欲しい言葉を言ってはくれず、だからいつまでも肩は組めなかった。

さすがにもうただでは済まないことくらい俺にも判っていた。あの眼鏡は二度と使い物にならないだろうし、制服もボタンが飛んだり縫い目が破れたりしている。顔はあざだらけで鼻血も出て、歯や肋骨も何本か折れてるかもしれない。ここまで派手にやれば教師や親も気づくだろう。たとえこいつが喋らなかったとしても、きっと俺まで辿り着く。

親と一緒にこいつの家まで謝りに行く未来を想像して、めんどくさ……と思いながら、それでも俺は腕や脚を止めなかった。拳や蹴りを止めなかった。ぐったりしているそいつはもう顔を守る気力もないようで、「マジなん?」の問いかけに「まひへふ……」と答えるのが精一杯らしかった。しかし「うほへふ」とはついに言わなかった。

ボールを取りに来た女子テニス部あたりが職員室に知らせたのだろう。やがて体育教師二人と理科教師と社会科教師が駆けつけてきて、俺と須郷と岩重は職員室へ連行された。ズダボロの高なんとかは保健室に担ぎ込まれた。殴りすぎた俺たちの拳にも傷がいっぱいできていたが、教師たちはそれには見向きもしなかった。

すぐに近くの医院へ運ばれた高柳くん(教師が教えてくれた)は鼻骨にひびが入っていたそうで、打撲や擦り傷やその他もろもろと合わせて全治一ヶ月。俺と須郷と岩重は停学一週間。義務教育に停学とかあんの？　と思ったが、生徒手帳にもちゃんと書いてあったらしい。まぁ別にいいけど。

暇な一週間を過ごして俺が学校へ戻った時、まだ高柳は学校へ来ていなかった。俺は怖がる皆瀬を連れて例のトイレへ行った。青ざめた顔で震えている皆瀬をほっといて、俺は小便器で用を足した。古い校舎のボロトイレはやけに広く、大きな窓から日光が入ってかなり明るい。とてもじゃないが幽霊なんか出そうにはない。……のだが、逆にそれが話に真実味を持たせているようでもある。いかにも不気味な雰囲気のところを指して「あそこ幽霊出るで」というのは容易い。皆もちょっとビビっているから信じ込ませるのも簡単だろう。だがこんなに明るい、およそジメジメした雰囲気もない、汚くて臭いだけの場所に「幽霊おるで」ってのは……よっぽど奇を衒ったか、あるいは本当に何かがいるかのどっちかのような気がする。

俺はわざとゆっくりチャックを上げてゆっくり歩いて洗面台まで行って、相変わらず震えている皆瀬を押しのけてゆっくり手を洗った。普段は使わない石鹸も使った。なんでもないように手を洗いながら、しかし神経は背後に集中していた。……幽霊ってどんななんだろう？　中学校に出るくらいだからやっぱり中学生の霊なんだろうか？　それともここはかつて病院か墓地か古戦場か刑場かとにかくそんな感じの何かで、そこで死んだ誰かが出るのだろうか？　一体何のために？　病死か刑死か戦死か自殺かしたそいつは、何がしたくて中学校のトイレなんかに現れるんだろう？　恨み？　呪い？　口惜しいとか怨めしいとかいう感情を八つ当たり的にぶつけてくるんだろうか？　見ず知らずの中学生に？お門違いもいいところだ。あるいは幽霊とか化け物ってのはそんなもんなのだろうか？……クソが。本当に霊感があるなら中途半端な情報だけじゃなくて、どういう奴が何の目的で出てくるかまで教えんかい。

濡れた手を皆瀬の背中で拭き、尻を蹴ってまくし立てながらトイレから出る。ちょうど出くわした隣のクラスの女子が俺を見て変な顔をした。高柳と同じクラスの奴らだ。

「お前ションベンせんでよかったんか」

俺が言うと皆瀬は首を振って、「こんなとこでよう出さん」

「あんなもん嘘じゃ。しょうもない」

言いながら、俺は高柳の顔を思い出す。散々殴られながら「まひへふ」と言い続けた酷い顔を思い出す。アホが。嘘ですって一言言えば楽になれたのに。なんであんなになるまで……。拳の傷はすっかり治っていたが、殴った感触ははっきり残っていた。

高柳をシメることによって俺は俺の世界を取り戻せるはずだった。異物を排除して世界の平穏を守れるはずだった。高柳の口から「嘘です」の言葉を引き出すことで、余計な波風を鎮めることができるはずだったのだ。だが高柳は結局譲らず、俺の世界にはでっかいしこりが残された。むしろ高柳を殴ったことでそれは大きくなったようですらある。ああまでやられながら高柳が言葉を撤回しなかったのは、それが本当だったからではないのか？　目の前の痛みや苦しみに屈して簡単に曲げられるようなものではないくらいに本当のことだったからではないのか？　あいつは「嘘です」と言わなかったんじゃなくて言えなかったんじゃないのか？　それがどうしようもなく本当のことでありすぎて。

それからも俺は明るいトイレを使い続けたが、気持ちの悪さはずっと残った。人目のある時はわざとゆっくり用を足したが、誰もいない時は手も洗わず逃げるように廊下に出た。

高柳が学校へ戻ってきたのは全治一ヶ月をきっちり過ごした期末試験の一週間前だった。廊下ですれ違った高柳は三角巾で左手を吊っていて、俺にはそれが酷くわざとらしく見えた。腹や顔は散々蹴りまくったし殴りまくったが、そんなところを痛めつけた憶えはない。腕が折れたという話も聞かなかった。なのにそんないかにも痛々しい感じにして……。ああるいは和解もあるかとちょっとは思ったりもしたが、やっぱり駄目だ。こいつは役者だ。目立とうと霊感少年を演じて、それで殴られたら今度は可哀想ないじめられっ子ってか？そうまでして注目を集めたいか。……まあいい。だったら注目してやろう。精一杯構ってやろうじゃないか。

しかし高柳の怪我が治ったそのタイミングで、俺は高柳の家に謝りに行くことになった。

放課後、化粧をして羊羹の手土産を持った母と一緒に、俺は隣町の高柳の家を訪れた。

高柳の家は古くて大きかった。玄関に出て来たのは高柳の母親らしい人だけで、高柳は塾へ行っていて家にいないということだ。

「そんな、わざわざ結構でしたのに。お互い良い勉強になったでしょうから。……そうですか？　じゃあまあ、遠慮なく」

そう言って、若い母親は羊羹を受け取った。俺は母と一緒に再び頭を下げた。顔を上げると、高柳の母親は目を細めて笑って、

「……できたら、これからもあの子と仲良くしてあげてね」

母親は確かに俺を見ていたが、なぜか目が合っていないような気がした。

商店街で買い物をするという母と別れて、俺は一人で堤防道路を歩いて帰った。河川敷公園のグラウンドで小学生が野球をしている。橋の下で誰かが下手なトランペットを吹いている。鉄橋を渡る列車の影が西日をちらつかせる。作業着のオッサンが土手で草刈りをしていて、排気ガスに交じって青臭い匂いがした。

高柳の母親からもああ言われたことだし、さて明日からどんな風に仲良くしてあげようかな？　まあでも当面はあまり目立つことはしない方がいいだろう……まずはサッカーで

もしようか……。

と土手の道を歩いていると、いつの間にか行く手に母がいた。沈む太陽を背に、俺を待ち受けるようにこっちを向いて立っている。

俺は母と並んで歩くのが嫌だった。だから別れて一人で帰ってきたのだ。商店街へ寄ったならこっちの方は通らないはずなのに、わざわざ俺を探しに来たんだろうか？

「先帰っとけって」

俺は言った。そしてそのまま脇を通り抜けようとした。

不意に足首を摑まれるような感覚があって俺は立ち止まる。見ると、しかし何もない。だが確かに何かが俺の足を摑んでいる。それはどんどん上へ上がってきて、たちまち俺の下半身は見えない何かでぐるぐる縛られたようになった。

なんじゃこれ、と言おうとした俺の口が歪む。何かに顔面を押さえつけられて、後ろへ捻られているような感覚がある。俺は体勢を崩すが、しかし下半身を固められているせいで膝をつくこともできない。次第に全身の自由がきかなくなって、腹に強い圧迫を感じる。俺は直立した格好のまま頭だけ後ろへ回されてゆく。

ねじ切ろうとしている、と俺は思う。とんでもなくでかい何かが俺の体を鷲摑みにして、俺の顔を後ろに捻ろうとしている。まるでペットボトルの蓋でも開けるように。

俺の首はもう可動範囲のギリギリで、ちょっとでも力を抜けば首が後ろに回ってしまいそうだ。息ができなくて目の前が白くなってくる。野球やトランペットの音が遠くなる。

視界の隅に母が見える。髪型や服装は確かに母だ。さっきまで一緒にいた、高柳の家の玄関で並んで頭を下げた時と同じ。だが逆光になった顔はいくら目を凝らしてもよく見えない。まるで最初から何もないかのような暗闇があるだけだ。

その背後に誰か立っている。学生服。三角巾。色素の薄い茶色っぽい髪。……高柳だ。塾が終わったのか？　……と思いかけて、はーん。俺は全てを理解する。

こいつだ。こいつが俺を殺そうとしているのだ。高柳はただの目立ちたがりではなくて、本物の霊感少年だったのだろう。まるきりアホみたいな話だが、今なら納得できる。目に見えない訳の判らないものに全身絡み付かれている今なら。

こいつは霊能力だか何だかを使って俺に復讐に来たのだ。リンチを加えた俺に対して相応の報復を……あるいはやられた分以上の仕返しを。

俺の首の骨がギギギギと音を立てる。いよいよだ。もうじき俺の首は後ろに回るだろう。顎の骨が引きちぎれるかもしれない。体を縛(いまし)める力は少しも弱まる気配がないし、頭にかかる力も同様だ。こいつは俺を殺す気なのだ。

高柳が俺の母親のような何かに近づく。そしてその肩に右手を置く。俺は腹の底の方がさっと冷えるのを感じる。痛みが恐怖と生々しく結びつく。……とどめを刺せってか？　思わず足が震えそうになるが、少しも動かない足は震えることもできない。顎が痛くて泣くこともできない。

こんなことになるんだったらあの時殺しておくんだった。もっと容赦なく拳を振るって蹴りを入れて、あそこで高柳を殺しておけばよかった。そしたら少なくともこんなことにはならずに済んだのだ。異物は残ったかもしれないが、本当のことは知らないままでいられたし、こんな訳判らん目に遭わずにも済んだ。俺は俺の世界を守ることができた。異物はこいつの存在そのものだったのだ。……まあ今となっては何もかも遅いことだけど。

せめて最後に何か言ってやろうと思うが、もはや口はちょっとも動かなかった。

と、高柳が手を母の肩から離して自分の口元へやった。そして親指の爪の先を犬歯の辺りで噛む。ん？　と思っていると、高柳はそのまま爪を一気に引き剝がした。

嫌な音がして、高柳が顔を歪める。口に残った爪を吐き出すと、道端の草の上に黒い血の雫が落ちた。母親みたいな何かが少し首を傾げたようだった。

不意に全身の縛めが解けて、俺はその場に倒れ込んだ。自由になった顎をかくかくさせて関節の無事を確かめて——顔を上げると高柳だけが立っている。

「……大丈夫？」

高柳が間抜けたことを言う。大丈夫なはずあるかい。訳判らんもんに首をねじ切られそうになって……。でも高柳の指から血が滴っているのを見て俺は口を噤む。

「ごめん。なんか」

また高柳が言う。俺は立ち上がって両手の砂を払った。顎はまだ痛んだが、筋も骨もとりあえず無事で済んだらしい。高柳が吐き出した爪はいつの間にか消えていた。

「さっきのはちょっと、あれやったけど。もう大丈夫やから。とりあえず。うん」

「……あれも幽霊か？」

ようやく俺が訊ねると、高柳は曖昧に頷いて、「いや。まあ……そうかも」。どうやらこの間のリンチがずいぶん堪えているらしい。

「あ。そういえば羊羹。ありがとう。わざわざ」

「……別に俺が買った訳じゃないし」

「あ……そっか……」

「……」

……何だろう。気まずい。「マジけ？」「マジや～」とは喋った（？）が、高柳とまともに口を利くのは初めてだ。何を言っていいのか判らない。ましてや散々殴りまくった相手に助けられて……。感謝の言葉を言うべきだろうか？　それよりまずはこないだのことを謝るか？　しかし……うーん。

しばらくしてから俺は訊ねる。「お前は何なん？」

すると高柳はまた曖昧に笑いながら「いや……」と言って、それから先は続けない。言いたくないのか、言えないのか。

まあいい。俺は高柳の肩に腕を回して引き寄せる。

「ちょっと……痛いって」

俺は構わず腕に力を入れた。

「何だよその左手。そんなとこ折った憶えはないぞ」

冗談めかした感じで訊ねると、高柳は左腕に目を落として、

「これは、まあ、ちょっと……」

そしてまた濁すように笑った。俺もそれ以上は訊かなかった。もう充分な目には遭った。これ以上余計な波風を立てられるのは困る。

でもきっと、波風は今もそこいらで起こり続けているのだろう。平穏は異物によって乱され続けているのだ。あるいは平穏なんてものがそもそも幻なのかもしれない。俺はただ、そのことに気がつけないだけなのだ。

エディット・ピアフに会った日

高校生のころ、かなり一生けんめい英語の勉強をしていたら夢を見た。パイプ椅子が並んだ、音楽室からピアノを撤去したみたいな会場にエディット・ピアフが入ってきた。しゃがれた声で「sensible な紳士の皆さんと、sensitive な女性の皆さんのために歌います」と、言った。夢ですよ。それから何を歌ってくれたか覚えてないが。

この夢は何となく理由がわかる気がする。sense の派生語二つを何かで覚えた後だったのだと思う。そんなベタな夢、見るものかしらと思うけれども、十代後半はそんなことがあってもおかしくないだろう。この夢のピアフはずいぶんジェンダーバイアスがかかっていますが、時代のせいだな。

だが、同じ日か違う日か覚えていないが、もう一度ピアフが英語を教えてくれた。そのときは私だけに教えてくれたのだ。やはりパイプ椅子が並んだ会場の通路を歩いてきて、私の手をとって、手のひらに指でスペルを書きながら「heartiness ですよ」って言った。この「ですよ」は日本語だったので、ピアフは英語と日本語ができることになる。

「heartinessが大事ですよ」というニュアンスに聞こえた。そして私は当時、heartinessという単語を全然知らなかった。そのころ辞書で一度でも引いた単語には、赤ペンでアンダーラインを引いていた。朝起きて辞書を確かめたら、heartinessという単語はまっさらで、線は引いていなかった。そうして意味のところには、「誠実さ」と書いてあった。やられた。

つまり、何だな、これから受験をするわけだが、そこにheartinessという単語が出たら私はその学校に行くんだなと思った。sensibleとsensitiveはいいとして、heartinessはだよ、これは天の采配というものだ（そのときそんな言葉は知らないが）と思った。

そして受験をしたが、heartinessという単語は一度も出てこなかった。その後大人になってから受けた少数の試験にも、出てきはしなかった。

これから自分が何かの試験を受ける可能性はきわめて低いが、そのときに出てくるのかしらん。それとも、試験じゃないときにだろうか。だけど今の時点でもう、自分のheartinessは使い果たしてしまったな。もしかして、ピアフもそうだったんじゃないかしら。そもそもあの高校生のとき、私はピアフの歌をいくつ知ってたんだろうか。それは誠実さと関係ないよねと、今、私のピアフは黙りこくってうんともすんとも言わないので、私自身が自分に言う。

薄荷

父の郷里を歩きながら、祖父が死んだのはもうだいぶ前だ、と私は思った。計算してみたら少なくとも十五年以上前だった。祖父が飼っていた犬のセイタが死んだのは祖父よりもあとで、葬式があった冬の日に庭の小屋の前でお座りをしてなにもない宙空に視線を向けていたセイタの姿を見たときのことは覚えていた。そこまでに何年の時間があるのだかはわからなくても冬だったことは覚えていて間違えない。遠ざかるばかりの時間と違って季節は毎年巡るから。セイタは祖父の死をわかっていたのだろうか。犬は目よりも耳や鼻がいいというから、なにかに目を向けているように見えても向けているのは聴覚や嗅覚かもしれない。

祖父が生きているうちはセイタの散歩は毎日祖父が連れていった。だからセイタを連れた祖母が近所の農道で側溝に落ちて足の骨を折ったのも祖父が死んだあとの出来事のはずだった。セイタは雑種で、なんの犬種が混ざっていたのか知らないが毛が長くて体が大きかった。知り合いの家の犬が子を産んだからともらってきた子犬のときはこんな小さかった、と祖父は両手でなにか捧げるような形をつくった。母犬もそんなに大きな犬じゃなかった、なのにこんなに大きくなるなんて思わなかった。

〇〇さんに騙されたようなもんだよ、と横で祖母が笑いながら言う。〇〇さん、のところの名前はわからないがわからなくてもその声が思い出せる。

犬は耳がいいから、庭に面した居間で、そんな自分の陰口みたいなことを言われている声もセイタには聞こえていただろう。

お父さんはひとがいいからむかしから他人(ひと)に騙されてばっかりだよ、と祖母が続ける。具体的なエピソードが語られるわけではないということなのだろう。祖父母と一緒に暮らしていたわけではない私は祖父が他人に騙された話をひとつも知らないが、祖母の口調からもそれを黙って聞く祖父の様子からもそのやりとりがもう何度も繰り返され、相違なく認めてきたものであることが見てとれた。私が思い出しているのはお盆とか年末年始とかに父母と帰省したときに見聞きした祖父母のやりとりだ。

体の大きいセイタを祖父や祖母が連れている様子は、セイタが急に走り出したら引っ張られて転んだりしそうで見ている方がおっかなかったが、セイタはおとなしくて賢い犬だった。祖父と一緒に、祖父の死後は祖母と一緒に散歩に出てみた私がリードを持っても、セイタは自分を連れている人間に負荷をかけるような歩き方や走り方はしなかった。

だから祖母が側溝に落ちたのもセイタのせいじゃない。その怪我の原因というか遠因になったのは酒屋の息子の光ちゃんの運転する車だった。祖母は後方から来る車の音に気づいて後ろを振り向いたときに道路脇の草を踏んで足を滑らせた。農道といっても道幅は広く一般車も通行ができる道で、光ちゃんはそこを普通に走っていただけだったから、祖母が勝手に滑って側溝に落ちただけの事故なのだったが、近所ではなんとなく野田の婆さんが光ちゃんの車にひかれて骨を折った、と語られるようになった。みんなそれが事実と異なるとは知りながらも、語呂がいいとか細かい説明が面倒だというだけで、あるいはその嘘が誘う小さな笑いのために話は粉飾されて、そのあともずっとそういうことになっていた。近所の世間話のなかでその農道が出てくると、ほらあそこの婆さんが光ちゃんにひかれた道、という具合に言われる。光ちゃんは気の毒だ。

光ちゃんと私は同い年だった。彼は父の郷里であり祖父母の家のある集落ではほとんど唯一の若者で、小さい頃から祖父母の家に行くたびになにかと名前だけはよく耳にしていた。お前はいくつになるんだ、と親戚に訊かれて応えると、ああ光ちゃんと同い年か、と返ってきた。祖母の怪我がいつのことだったかもまたはっきりわからないが、祖母がセイタを連れていたのだから少なくとも祖父の死んだあとで、光ちゃんが車の免許を取ってからのことには違いない。

十六のときから隣町の自動車工場で働きはじめた光ちゃんは、十八歳になった月に早速免許を取得してローンを組んで中古の車を買ったというからよほど車が好きだったんだろう。知り合いのように語っているが私は実は一度も光ちゃんに会ったことがない。顔もわからない。一度だけ、あれが光ちゃんだよ、と誰かが指差す先を走る光ちゃんの車を見たことがあった。田んぼの稲穂が日を受けて輝くなか、黒い車が颯爽と走っていた。光ちゃんの車は中古でもそのへんの軽乗用車の新車よりいい値段がするらしかったが、免許もなく自動車に興味のない私にはその車の名前なんか全然わからなかった。光ちゃんは中学の頃からけんかや喫煙での補導歴があり、高校も入学して早々飲酒がばれて停学処分を受けた。酒屋の息子なんだから酒くらい飲むだろう、と例によって口の悪い近所のひとたちは言ったが、光ちゃんのお父さんはそう言われるのが許せなかったらしい。光ちゃんは結局高校をやめて働きはじめた。光ちゃんについて聞く話はむかしから悪い話ばかりで、光ちゃんが祖母を車でひいたみたいな話になっていたのは光ちゃんが町の大人にあまりよく思われていなかったせいもあるのかもしれない。

でも若いうちからちゃんと働いているのだからえらい、と何度も転職してばかりいて四十近くになっても世間に通りの悪い職歴しかない私は思う。いまも光ちゃんはこの町にいるのだろうか、私は知らなかった。

祖母は後方から自動車が走ってくるのを避けようと思って側溝に落ちた。祖母は光ちゃんの車にぶつけられたわけでもあおられたわけでもなく、光ちゃんの車がまだずっと遠くにいるときに滑って転げた。光ちゃんはそれを見て側溝から祖母を助け出し、車に乗せて隣町の病院まで運んでくれた。だからひいたどころか実際には恩人なのだ。光ちゃんは横にいたセイタも一緒に車に乗せて病院に行った。

光ちゃんの黒い車の車体はいつもぴかぴかに磨き上げられて傷ひとつなかったが、祖母によれば車内もまたチリひとつなく隅々まで目と手が行き届いていたという。座席や手すりの材質や柄や装飾品は見るからに通常の仕様ではない特別誂(あつら)えで、スピーカーや芳香剤までこだわり抜かれていた。光の車のなかは薄荷(はっか)の匂いがして、ラジオがえらく大きな音で聞こえた、と祖母は感心した様子で言っていた。ああいうのはどういう名前で呼ばれる趣味なのか私は知らないが、むかし私の友達にもそういう車に乗っている奴がいた。一度彼の車に乗ったとき車内に充満していた香水の匂いが合わず、ふだんはならない車酔いになり、気持ち悪いと私が言うと車内で吐かれたら絶対にいやだから降りてくれ、と駅もバス停もない道で車を降ろされたことがあった。その友人とはもう会わなくなって連絡もとっていないが、私はずいぶんむかしのことなのにいまもそのことを結構根に持っている。あいつだったらきっと側溝に落ちた祖母を自分の車に乗せて助けたりしなかっただろうと思う。光ちゃんは、側溝に落ちて泥だらけになった婆さんと犬を、迷うことなくぴかぴかの車内に乗せて病院に連れていった。光ちゃんが若い頃に数々の悪事や非行を働いたのは事実なのだろうけれど、私は、光ちゃんはあいつよりもずっといい奴だ、と思う。

祖母は去年死んだ。私がこの町に来るのも、祖母の葬式以来だ。もしかしたら光ちゃんも葬式に来ていたかもしれないが、葬儀もその前後もなにかとばたばたしていたし、そもそも私は光ちゃんの顔がわからないから光ちゃんがいても見分けられない。ずっと昔なら、父の田舎で同世代の少年の姿を見つければ自然と目がいったろうが、いまでは自分も、おそらく光ちゃんも、そのへんの大人たちと見分けがつかなくなっている。名前だけなら聞いた。光ちゃんの子どもが来年高校に入るらしい。親の方は入った早々中退したが、とまたひと言多い近所の噂話が耳に入った。光ちゃんは隣町のタクシー会社で働いているひとと結婚したそうだ。いつ結婚したのか、子どもがいつ生まれたかも知らないが、自分と同い年のひとの子どもがもうすぐ高校生と聞くのは、子どものいない私には驚きで、ここ数年は学生時代の友人やいとこの子の成長を聞くたびに同じように驚いてしまう。年をとるにしたがって、過ぎた時間がうまく測れなくなっている気がする。言葉にすれば、時間が過ぎるのは早い、というありきたりな言い方にしかならなくてそんなことをたびたび思うのは馬鹿みたいだけれど、繰り返し思われて野暮と知りつつ言葉にされ続けてきたからこそありきたりなのであって、いざ自分がそういう感慨に出会ってみると、自分の体のなかに未知の感触を発見したみたいな気持ちになる。

祖母は晩年も足腰が強かった。祖父の死後セイタが死ぬまで祖母は毎日散歩に連れて歩いた。天気の悪い日は危ないからやめろとまわりに言われても、人間には屋根があるがセイタはいつも庭にいるんだから天気なんか関係ない、連れていってやらなきゃ気の毒だ、と雨でも雪でも合羽を着て長靴を履いて、近所の決まったルートを歩いた。怪我をしたあともあの農道を避けることはしなかった。セイタはいつもそこで糞をするから多少足場が悪くてもあそこを通ってやらないと気の毒だ、と祖母はふた言めには他人を気の毒がった。年をとったセイタがほとんど歩けなくなって玄関にタオルを敷いた上で寝そべるだけになっても、その姿を見るたび祖母は、気の毒なことだ、と繰り返し思い口にしたに違いなかったが、私が直接それを聞いたわけじゃなかった。祖父の死後長くひとり暮らしだった祖母のその言葉を聞いたのはセイタだけだった。

どういう計算で祖父の死が少なくとも十五年前以上と断定したのか、あちこちに思いが向くうちに自分でもわからなくなってしまった。そもそも祖父がいつ死んだか考えはじめたのは、今年のはじめに父が死んだ日のことを思い出したからだった。犬であれ人間であれ思い出すのがみんな死んだ者ばかりなのは、死者から連なるもの思いだから仕方がない。

もっともいくら死者のことを思っても、思えるのは生前の姿ばかりだ。父についても、最後の日のことは微細な音や色や質感とともに、これまたありきたりな言い方だが昨日のことのように、すぐ傍によみがえってくるのだったが、そのあとのことはなにも思い出せない。当たり前か。いや、当たり前なのだろうか。

父は、祖母つまり自分の母親の死を見届けて間もなく、役目を終えたようになくなったが、具合を悪くしたのは父の方が先だった。ここ数年入退院を繰り返していた息子について祖母はやはりことあるごとに、気の毒だ、という言葉を繰り返した。入院が長引いたときは上京して見舞いにも来た。衰弱し病室で眠る父の横で、おじいさんが死んだ年よりもまだずっと若いのに寝床に縛りつけられたようになって気の毒なことだ、と祖母は言った。その場にいた母親と私は、病床にある人間に向かって死者を引き合いに出さないでくれ縁起でもない、と思った。祖母に悪気があるわけではない。その遠慮のなさとか配慮の足りない口の利き方は、元気だった頃の父の物言いに似ていた。私は父のそういう物言いが嫌いだったが、父は病気をしてからそういう話し方をしなくなったとその祖母の言葉を聞いたときに気づいた。

父の死はまだたった半年ほどしか遠ざかっていない時間にあって、そのぶん記憶は鮮明だけれど、だからといって祖父や祖母のように自然と生前の逸話が広がっていくことはなく、思い返せば返すほどただ最期の彼の乾いた肌や弱い呼吸を間近で見るような感覚ばかりが迫ってきた。なぜかは知らない。過ぎた時間を思い出すことは、その時間までの遠さとか、そこにいるひととの関係の深浅に比例するものではなく、ただ唐突に、無秩序に現れた時間と自分がぶつかるしかない。一方で、忘れることはもっとさみしい。ひとの死のように立ち会ったり知らされたりすることもない。そこから誰かがいなくなったことにさえ気づけない。

私が今日この町に来たのは、昨年来誰も住むひとがいなくなった祖母の家に行くためだった。用件じたいは父の死後整理にかんする二、三の書類を取りに行くだけの簡単なものだった。都内から電車に乗って二時間ほどかけて最寄り駅に降り立ち、タクシーを拾うつもりだったが駅前にタクシーは一台もいなかった。かつては父の運転する車で帰省することがほとんどだったから、若い頃の父が通学に利用していたというこの駅を利用した記憶が私にはほとんどなく、今日来るまで無人駅であることも知らなかった。古い駅舎の壁にはタクシー会社の電話番号があったが、まだ昼前で天気もよかったから思い立って祖母の家まで歩いてみることにした。最寄り駅といっても車で二十分ほど、歩けばゆうに一時間以上かかるだろうが、亡父の生まれ育った土地の景色を眺めながらゆっくり歩いてみるのも悪くないと思った。それで歩きはじめてもう二時間以上が過ぎていた。途中で曲がる道を間違えて山間に入り、しばらく行ってから間違いに気づいた。駅でメモしておいたタクシー会社に電話をしてみたが、呼び出すものの一向に出なかった。来た道を戻るのがいちばん確かだったがすでにずいぶん歩いてきたので、山のふもとをかすめる形で走るその道をそのまま進んで、山を回り込むように祖母の家の集落に出る方が意外と早いかもしれない、と思ってそうしたのがさらに間違いで、祖母の家とはだいぶ離れた隣町の中心街に抜け出た。

父の通った中学校はこの町にあったはずで、家から一時間以上毎日歩いて通学したという話をむかし聞いた覚えがあった。鉄道が通っていないぶんもっと離れた町にあった高校に通うより中学の方が時間がかかった。当時といまではだいぶ景色も違うだろうが、こうして歩いていると自ずと自分の視線と少年時代の父の視線とが重なるような錯覚を覚えてしまう。これまた陳腐でありがちな感傷だけれど、この日の私にとってはやっぱり捨て置けない感慨だった。

自分ひとりで感慨に浸るなら、それがどれだけありきたりでも陳腐でも構わないが、こうして言葉にすると自分を取り巻く平凡さとか陳腐さが露わになってしまう。とはいえ私はこのときのことを特定の誰かに語りかけているつもりもなくて、でも相手がいないのにこんなにいろいろと語り続けられるものでもなくて、誰ともいえない誰かが私の感慨と言葉の先にはいて、それは父かもしれないし祖父かもしれないし祖母かもしれないしセイタかもしれない。全員死んでいる。死んでいるからといって生きている者の話し相手になれないわけじゃない。死んだひとのことを思い出すときに生前の姿しか思い出せないのは、生きている者が彼らを聞き手にしたがるからかもしれない。語りかけぬことが所謂成仏だとしたらどうか。なんだかさみしいが、死者が成仏するのはさみしいことに違いない。

もっとも、こうして死者たちに語りかけていたことだけが私の考えたことのすべてではなく、この数か月に限れば私には四六時中目に映り心に浮かぶあらゆることを語りかけたい相手がいた。そのひとはまだ恋人のお腹のなかにいて、この世界の空気を吸っていないからその意味では死者と同じで、ひとは存在しない者にばかりあれこれ語りかけようとするからこうも散漫にものを思い、そこに時系列の狂った場面が飛び込んできては、また違うことを考えはじめたりするのか。この数か月で恋人の腹はずいぶん大きく膨らんできた。そこにいるひとにはまだ名前がなかった。顔を近づけて、おーい、と呼ぶと、応えるように蹴ることもあった。返事をした、と私が言うと、恋人は、たんなる偶然だよ、と言った。でも偶然ならばなおさら嬉しい。生とか死とかを前にして人間が思うことやすることは誰も似たようなもので、だから陳腐でありきたりで、その内にあるはずの個別の感情を言葉にしようとする前に、悲しみとかよろこびにのまれてしまう。重くて苦しい、と恋人は言った。まだこんな小さいはずなのに、と両手でなにかを捧げる形をつくった。

町の中心部に入ると、かつて商店街だったと思しき通りがあり、商店らしい構えの建物がいくつもあったがどこもシャッターが降りていた。ここをこうして歩いていても祖母の家にはたどり着けない。集落方面に行くバスがあるはずだが、日に何本かしか走らない。もはや今日自分は当初の目的を果たすことができないかもしれない、数時間後に自分がどういう状況にあるのかわからない、と私は思った。道沿いの畑の作物に見覚えがあり、なんだったか、としばらく考えて煙草の葉だ、とわかった。

もうやめてだいぶ経つが急に煙草が吸いたくなって、むかし祖父から聞いた話を思い出した。終戦間際に兵隊にとられた祖父は、戦地に行くことなく終戦を迎えた。除隊となって兵営から郷里へ帰ったのが、八月だったのか九月だったのか十月だったのか、調べてわからないことはないだろうがすぐ問い質せる相手はいない。祖父は郷里に向かう列車のなかで、持っていた握り飯を空腹の同乗者に分け与えたという。コタツにあたってなにか手仕事をしながら祖父がその話を向けていたのは私ではなく父だった。祖父は手先が器用で農業をやめてからは家のなかで木工をしたりセーターの繕いをしたりしていた。そういえば犬にセイタと名づけたのは祖父で、毛が長いから毛糸にして婆さんにセーターを編んでもらおうと思った、と言っていた。ずっと忘れていたけど、いま思い出した。除隊後の祖父の帰郷について、あるいは短い兵役経験について、父がほかにどれだけのことを聞き知っていたのか、私は知らない。その電車のなかの握り飯の話は、私が知る唯一の兵隊だった祖父の逸話だった。電車で郷里に帰ってきた祖父も、今日私が降りた駅に着いて、そこから歩いて自分の家に戻ったのだろうか。祖父と祖母が一緒になったのは終戦後のはずだった。私は祖父と父が話しているのを、縁側で煙草を吸いながら聞いていた。まだ十八か十九の頃だったと思う。煙草なんて体に悪いからやめろ、と祖父は私に言った。俺もむかしは吸ってたけどつまんないからやめた、と言った。兵隊に行ってたとき、毎日十本ずつ支給されてどんどんたまっていくから好きでもないのに吸うようになって覚えた。

　この先この国で紛争が起こったり戦争がはじまったりすることはあるのだろうか。恋人のお腹のなかにいる子どもは、十五年後にはあの日祖父の話を聞いた私と同じくらいのひとになっている。そして私は十五年後には、あの日の父と同じくらいのひとになっている。私は祖父からもう少し兵隊に行ったときの話を聞いておけばよかった。

　疲れた。のれんの出ている食堂があったので引き戸を開けて入った。土間に並んだ簡素なテーブルと椅子、丸椅子の並んだカウンターがあって、そのひとつに腰かけて奥の壁に設置してあるテレビを観ていたエプロン姿の中年の女性が、くるりと丸椅子を回転させて、いらっしゃい、と言った。ほかに客は誰もいなかったので四人掛けのテーブルについて、壁に並んだメニューの札を眺め、ビールとちゃんぽんを頼んだ。ちゃんぽん、と先ほどの女性が言うと、はい、と声がして調理場の奥からマスターらしいおじさんが現れ、鍋の音をさせながら調理をはじめたようだった。女性が瓶ビールの栓を抜いてグラスと一緒に運んできた。そしてまたカウンターの一席に座ってテレビを観はじめた。昼のニュース番組が流れていた。

ひかるちゃん、と調理場のおじさんが呼ぶ声がして、はい、と返事をした女性ができあがったちゃんぽんの皿を受け取って私のテーブルに運んできた。

それから数時間後に、私は無事祖母の家で必要な書類を見つけて用事を済まし、帰りの列車のなかにいた。光ちゃんのおかげだ。

私が男だと思い込んでいた車好きの光ちゃんは酒屋の息子ではなく娘で、この春高校生になった長男を頭にいまは三児の母で、出産後も自動車工場の仕事をしばらく続けたが育児が忙しくなってやめ、平日の昼間は知り合いがやっているこの食堂の手伝いをしていた。ちゃんぽんをすすりながら父の育った集落への行き方を訊ねてみたら、野田さんとこの親戚？　と訊かれた。去年なくなった祖母の孫だと応えると、孫？　じゃあもしかして同い年じゃない？　と光ちゃんは言った。私あなたのこと知ってるよ、小さい頃に見たことあるよ。

光ちゃんはいまも車は好きで、子どもが手を離れたのを機にこつこつ貯めたお金でマツダのなんとかというスポーツカーを買って天気のいい日はオープンエアにしてこの食堂に通勤している。夫はもう町のタクシー会社に勤続二十年になるベテランドライバーで、町にタクシー会社はそこしかなく、車も二台しかない。人手不足で事務所は留守がちだから電話してもほとんど出ないよ、と光ちゃんは夫の携帯電話に電話して私を祖母の家まで送るよう手配してくれた。

田舎っていやでね。私はむかしちょっと、ちょっとじゃないかな、結構ワルだったから、よく言われない。あなたのお婆さんが転んだところに車で通りがかって病院に連れてってったら私がお婆さんをひいたみたいな話になってんだから、めちゃくちゃなのよこの町の世間は。いまだにいろいろ陰口叩かれる。でもちゃんと優しいひともいてね、あなたのお婆さんはひとを色眼鏡で見ないから好きだったよ、と光ちゃんは言った。私にも小さい頃から親切にしてくれた。さみしかったけど、仕方ないね。

祖母が足の骨を折って治るまでの数か月間、祖母に代わってセイタの散歩をしたのも光ちゃんだったという。酒屋の息子だと思っていたら娘で、思わぬ日に思わぬ場所で出くわした光ちゃんは長年顔も知らぬまま知っていたひととは全然違って、自分の記憶には自分の知らない間違いがきっともっとたくさんあるのだ、そう思うと私はなぜか救われた気持ちになって、疲れた体にビールの酔いがまわって、私は思いがけず光ちゃんにいろんな話をしてしまった。

お子さん楽しみだね。ひとにそう言われるたびに私は、まだ無事に産まれてくるかどうかさえわからないんです、と応えていた。ひとはみな、大丈夫よ、となんの根拠もないことを言う。光ちゃんもそう言った。

ちゃんぽんを食べ終わると、見計らったように光ちゃんの夫のタクシーが食堂の前に来た。サングラスをかけた強面の男だったが、物腰はやわらかかった。後部座席から見える車内はそこここが運転手の好みにカスタムされているようで、運転席の肩には銀色のファーが掛けられ、バックミラーにはカラフルな毛玉のようなものがぶら下がっていた。うっすらと煙草の匂いがしたが、それ以上に車内は強い薄荷の匂いが充ちていた。いろんな客が乗るだろうに、こんなに強い匂いをさせていていいのだろうか。それとも今日は私の鼻がよくなったのか。犬みたいに。

「からタを抜きなさい」という文章をオペレータとし、「タたタぬタきタ」をオペランド、読点を反応を示すものとするならばこれは「タたタぬタきタ、からタを抜きなさい」という反応となるのであり、「たぬき」が生成される。

緋愁

富田博が事務机で弁当を食べおえ宙を睨んで考えごとをしていると、道路パトロールに出かけていた作業服の一団が事務所に帰ってきた。いかつい顔をした本田がにやにやしながら「トミさん、またぼうっとしとるな。面白い写真見しちゃろうか」とポラロイド写真の束を差し出す。山あいを走る県道のガードレールに真っ赤な布が巻き付いている。次の写真もそう。その次もそう。四枚目に目を剝いた。路肩にざっと十台もの車が縦列駐車している。車も真っ赤だ。およそ十センチ四方の赤いタイル状のなにかをびっしり車体に貼り付けている。ひとつひとつに同心円の紋様が描かれている。

「なんですかこりゃ」

「ほらあの、ぐるぐる教じゃろ」タイルの紋様からそう呼ばれているらしい。「車道に盛大にはみだしちょるが。あんたが『退(の)け』言うてこんと」

「いやですよ」

日本中を震撼させた巨大カルト集団による大規模テロからまだ五年経っていない。地下鉄の通路に倒れ伏す人びと、鳥かごを掲げて捜索に入る機動隊員の姿はまだ記憶に鮮明だ。

いやですよちゅうてもそれが管理係長の仕事じゃろうがと本田がニヤニヤしているところへ、所長室から大木課長が帰ってくる。さっき市の土木部長が所長に電話を掛けてきた。赤い集団が居座っている件、地元自治会がなんとかしろと言っている。県道だから管理責任は県の土木事務所にある。市の部長は所長に電話し、所長は課長に対応を命じた。「トミさん済まんが、退け言うてきて」

狙いすましたように、昼休み終わりのチャイムが鳴る。本田のまわりには人だかりができていてわいわいと写真を覗き込んでいる。富田はため息をつく。

「すぐにどっか行くんじゃゃないですか」

「もう二週間もいるんだよ。警察にも苦情がいってるらしい」

富田は呻(うめ)きながら席に戻り、ノート型のワープロを畳む。その上にタウンページをひろげ現場近くの駐在所を探す。なんと、きょうの午後警告に行く予定だという。やった、渡りに舟だ。「一緒に行きましょう、すぐここを出ますから」。了解がもらえて富田は心底安堵する。部下のうち道路担当のふたり、西野と東山に声を掛ける。「テープとポール、あとカメラも持っていこう。それとゼンリン」。公用車のレオーネ・バンに乗り込み、三人は出発した。

現場まで小一時間掛かる。運転席の西野と助手席の東山は、ぐるぐる教のことを話しあっている。あのキャラバン隊は県外から来て、この数か月県内各所に出没している。山あいの交通量のすくない道路を見つけては、数週間キャンプし、またどこかへ行く。一旦去ってから戻ってくることもあり、油断がならない。

富田は後部座席で会話を聞きながら、思いは昼休みの考えごとに立ち戻っていく。直前の日曜日、老母が独り暮らしをしている実家に立ち寄り、ひさしぶりに話し込んだ。母はいつも若い頃の生活苦についてくりごとを言う。昭和三十年代のはじめ、嫁いだばかりの母は、夫と義母、未婚のきょうだいたち総勢八人暮らしで、へんてこな土蔵みたいなところを借りて、六畳二間と四畳半にぎゅうぎゅう詰めで暮らしていた。その時代の定番エピソードが六つか七つあり、そのローテーションにつきあうのが富田の役目だ。ところがその日、母は、富田と五つ下の弟との間にじつはいもうとがいたと告白したのだ。

経済的に育てられないため堕胎（だたい）した。

母の声は坦々としていたが、その平静さこそを苦悶して絞り出しているように、富田は聞いた。父のきょうだいがつぎつぎ結婚したこともあって、富田が物心ついた頃には両親と三人で公営住宅暮らしだった。茶の間の小さな箪笥には四月になると内裏と雛が置かれていたものだったが、あれはいもうとのためのものだったのかもしれないと思い至ったとき、前方に駐在所が見えてきた。


白と黒に塗り分けたトヨタ・スターレットが前方を走っている。初老の警官が現場まで先導してくれている。県道は山裾を伝いながら標高を上げていく。人家がまばらになるとセンターラインのない道となり、しばらく家のないあたりを走っている。向かって右手は切り立つ崖、左手は深い谷のはずだが木々や竹やぶ、夏草が盛大に繁っていて、鬱蒼と暗い。左手の藪、ガードレール、右手の斜面の吹きつけ、その上に張り出す枝々もすべてが黒みどり色に染まっている。登り坂は九十九折りになっており、西野がひんぱんにＭＴのギアチェンジをするたび、レオーネのエンジンは耳障りな唸りをあげる。カーブのたびに「警笛鳴らせ」の標識が現れるが、前を行くパトカーはホーンではなくパッシングで自車の存在を報せる。その光があざやかに感じられるほどの暗さだ。山越えの道。峠を越えればとなりの郡だ。

「あと五百メートル向こうだったら、となりの土木事務所の管轄だったんだがなあ」

富田はぼやく。トンネルが見えてくる。古い隧道だから断面は卵を立てたように縦長で、細さ狭さに思わず富田は肩をすくめる。中は驚くほど暗い。前方の白く明るい光が次第に大きくなって、車が出口を抜けると、目がくらむほどの八月の午後が開けた。相変わらず狭い道だが、左手の木々や藪が一掃され、空と遠くの山並みが一望できる。痛快なほどの日照に、周囲の緑も息を吹き返したようだ。

「そろそろですね……おおー、これか」

曲がった道路向こうから一本のカーブミラーが現れた。黄色の一本足、まるい一つ目。何の変哲もない道路設備が深紅の布を巻き付けていた。古代ローマの政治家がまとったトーガを富田は連想した。カーブミラーが後方に過ぎ去る。「これだけ?」東山に「だといいんだけどね」と応じる間もなく、今度はガードレールに、やはり深紅の布が大へびが巻き付くように延々とまとわせてあった。直射日光に照らされて波うつ布は鮮やかに赤い。ひと色ではあるけれども単調ではなく、緋色と表現すればいいのか、目を引かれる——気品があるといいたくなるような色だった。次のカーブミラー、そのまた次、進むに従って布の巻き付けようが厳重になっていく。やがて右手の斜面も覆われはじめた。あきれるほどの高さまで覆われて、七段飾りのひな壇のようだ。ポラロイド写真と肉眼とでは大違いで、辺鄙な山道だけに想像以上のインパクトだ。先導するスターレットがハザードランプを点滅させながら徐行しはじめた。

「その向こうですかね」

西野も同じようにする。その次のカーブを曲がった先に、赤い車列が並んでいた。

路側帯は向かって右手にある。パトカーは一番手前の空きスペースに嵌まり込むように停まったが、富田は西野に「いったん最後尾まで行ってみようや」と指示した。

レオーネはハザードを点滅させつつ「ぐるぐる教」の車列を右手に見ながらゆっくり前進する。ハイエースとセレナがあわせて六台だが、合間合間にテントやオーニングが張られてもいて、キャラバンの総延長は五十メートルをかるく超えていた。端まで行き着くと「バックして」。通行車両はほかにない。西野がギアを後退に入れ、前進よりよほど速いスピードで道を戻った。「さっきの『本部』っぽいとこまで」

車列の中ほどにアメリカ製とおぼしき大型のキャンピングカーがあり、その前後の隙間にねじこむようにレオーネを停めて三人は降りた。風が強くドアがあおられそうになる。警官と富田たちを応対したのは、三十代半ばの男性だった。服はもちろん緋色で、医師の白衣のような形をしている。真っ赤なゴム長はめずらしい。メガネのツルまで赤いのは驚いたが、富田は神妙な顔で警官の出方を待った。警官はなにかの書類を出し、読み上げ、手渡した。簡単な警告のようだった。さあ押し問答だぞと身構えたが、警官は富田を見た。「こちらは終わりました。あとはどうぞ」

正直、何も考えていなかった。西野と東山はこちらを見守っている。富田はメガネの男にここで何をしているのかと問う。問答しながら周囲をチラチラと観察もする。

わたしたちは毒性のある電磁波を回避しながら生活している。回避には移動が欠かせない。だから車を使い、適切な場所を探し、とどまる。金属製品、とくに細長いものは電磁波を伝えるので布で覆うしかない。車に貼った護符も紋様のパワーで電磁波を斥ける。電磁波密度が低い山間地、交通量の小さい道路はうってつけなんです。お願いですからもう少しここに居させてください。車だって通れるじゃないですか。さっきあなたたちが通り抜けられたように。日に何台も通らない道ですよ。下の集落には一軒ずつおうかがいしてご了承いただいていて。

赤服の一団が各戸訪問したらそりゃ恐がるよ、と言いたいがこらえる。あたりではキャラバンの人びとが立ち働いている。午後三時になろうとしている。食事の準備だってはじまるだろう。あたりには発泡スチロールの大箱が積まれている。段ボール箱からはネギの緑がはみ出している。近くのスーパーまで買い出しに出かけ、ここで料理しているらしかった。行き交う人びとはみな赤い服と赤い長ぐつに包まれている。

富田はメガネの男に説明をする。土木事務所は道路の管理をする。道路は、路肩や路側帯も含めて機能するものだ。だれであろうが、どんな理由だろうが、何週間も塞いでもらっては困る。まわりの迷惑ですよとは言わない。あくまで道路が道路であり続けるために必要なのだ、と辛抱づよく繰り返し、いつなら動けるかを双方が確認する。一か月？　ご冗談を。あしたの朝は？　無理だ、台風が来るから。たしかに風が強い。じゃあ台風がいったら引き払えますすね。赤メガネはしぶしぶうなずく。そこで手を打つことにした。

車道へのはみ出し具合を測っておくのでと告げて、ポール――二十センチ幅で白黒に塗り分けた棒や、テープ――巻き尺を使おうとすると、男が難色を示す。長いものは電磁波を導く。われわれの代表は体調が悪く車内で臥せっている。彼女の身になにかあったら責任とれるのか。取れないし取らないしそもそも測定と体調は関係しない、と突っぱねたいが、いくら警官がいるといっても得策ではない。ああそれなら現場撮影で使う黒板を立てて写真を撮ります、比較すればだいたいの長さがわかるから、となだめて西野と東山に指示を出す。キャラバンがはみだしてるところ全部と、できれば全景がわかるように撮っといて。それから富田は赤メガネに向き直る。写真が終わるまでの世間話のつもりで言う。電磁波ってやっぱりそんなに恐いものなんですかね。

すると赤メガネの表情がさっと変わる。

富田から外した視線は、赤く巻かれたガードレールの結界の外、青く霞む遠くの稜線へ向けられている。

世界がね……心細げな、ほとんど泣きそうな声を男は漏らす。……世界が歪むと彼女は言ってます、と。がんとか難病とかを予想していた富田は面食らう。

電波には多数の世界が含まれていると代表は言います。テレビやラジオのドラマや映画、パーソナリティの放談や視聴者のはがきに含まれる虚偽はひどくなるばかりで、すぐにマスメディアも嘘にまみれるようになる。なにより恐ろしいのは携帯電話だ。いずれ個人が携帯電話でつく嘘とテレビの嘘が混じり合うようになる。そうしたらあっという間だ。ひとの数だけある主観世界が漏れて現実をじっとりと溶かす。電波に含有されているたくさんの世界がほとびて滲み出し現実を多重化してゆく。

「私たちは——と代表は言います——電波を排して、断固、単一の現実を生きましょう、と」

富田は男が何を言っているのかわからない。わからないが気味悪い。どうせ自分とは関係ない。当たり障りのないことを言っておこう。

「あなたも同じように思って、ここに参加されたんですね」

男は力なく首を横に振った。

「いいえ。気がついたら、私はここにいました」

西野と東山の作業はつづいている。富田は赤メガネから離れてキャラバンの中をぶらぶら歩いていた。赤いタイルと見えたものはプリンタで印刷しラミネートフィルムで覆ったものだった。車と車の間にロープを何本も渡して、洗濯物が大量に干されている。長衣、襟つきのシャツ、寝床のシーツ。強い風が緋色の布をはためかす。台風は発達しながらどこか遠くの海上を水平にゆっくりと移動している。上空に築かれつつある雲と熱の団塊の想像を絶する質量を富田は想像する。陽射しは傾いてくる。蟬しぐれが降り注ぐ。さっき赤メガネは言った。自分がどうしてここに来たのかわからない。代表は、ここは因果の隙間に落ち込んだ者のたどりつく場なのだと言います。そうなのかもしれない。私は自分の名前も、誰と何をして暮らしてきたのか覚えていません。かつてキャラバンがもとの自宅の近くを通ったとき、夜中にこっそり戻ってみました。妻と息子がいるはずの私の家はなかった。代わりに古いみすぼらしい家があって、それは私が子ども時代に別の遠い町で住んでいた家とうり二つでした。玄関の前に三輪車があった。それが誰のものだったか思い出すのがこわくて私は全力で逃げ戻りました。以来、ここを離れようと思ったことはありません。富田さんお気を付けて、赤メガネは富田の名札を読んでいい、それから付け加えた。――忘れ物をしないように。

目の前ではためく緋色にいざなわれて、富田の思考は公営住宅の茶の間、小簞笥の上の男雛女雛に戻っていく。おにぎり型の土人形の、胡粉の質感や泥絵の具の色、緋毛氈の色をまざまざと思い出す。堕胎したのだと母はつぶやいた。雛人形を見ることなくこの世から消えた妹はどこへいったのだろう。もちろんどこにも行かない。他の多くの死者と同じだ。そのとき

「お兄ちゃん」

と呼ぶ子どもの声がした。ここには子どもまでいるのか。タタタタタ。洗濯物の向こうを小さな足音が駆け抜け、また戻ってくる。富田は土木事務所の前には児童相談所に配属されていた。集団生活に取り込まれた子どもが気になった。洗濯物をくぐり声の主を探す。しかし声も足音もそれきり消えて、気がつけば波うつ緋の海のただなかにひとり、右も左もわからない。すると、左袖をくい、と引かれた。低い位置から、小さな手で。

見下ろすと、幼い子どもがふたりいた。無地のTシャツとカラージーンズ、キャップもシューズもすべて赤い。首にそろいのバンダナを巻いている。兄妹だろうか。

袖をつかんでいたのは、年かさの男の子の方だ。人さし指と親指で、作業服のカフをつまんで離さない。なぜ袖につかまるのか。ここにとどまれというのか、つれだしてほしいのか。おおきな四つの黒い瞳は、孵ったばかりのおたまじゃくしみたいに黒く濡れぬれとしている。富田は自分の子の瞳を思う。子どもの目はみんな濡れている。つい喉元までその少年の名前が出てきそうになる。はじめて会ったのに名前を知っているはずがないと気

づくと、その名前は雲散霧消した。
「お兄ちゃん」。背の低い方が子どもらしいしぐさで体をもじもじとねじった。「だめよ」。なにがだめなのか。女の子の目が糸のように細くなる。遠く音楽がきこえる。だれかがラジカセでも点けたのか。篳篥（ひちりき）のような空気の震え、鉦（かね）を敲（たた）く音。異国のような古代のような未来のような音。とつぜんそれらすべてを吹き飛ばすように、突風が叩きつけた。布が顔をはたき目を強く打（ぶ）たれた。三枚、四枚と、シャツが飛ばされ、シーツが飛ばされ、バタバタと羽撃（はばた）きの音とともに車列を撫でながら遠ざかる。一枚のバンダナがガードレールをひらひら越えていった。

帰り道、東山が便所に行きたいと言ったので、国道沿いの小さな道の駅に立ち寄った。富田は農産品直売コーナーを見るともなくぶらついた。瓜や西瓜や南瓜、ジャムや漬け物。おこわ。富田は餡入りの草餅を手に取った。三つ入りのパック。ちょうど数が合っている。今夜みんなで食べよう。

忘れ物をしないように。ふと赤メガネの声がよみがえる。富田は尻ポケットをさぐり、二つ折り財布を確認してなんとなく安心する。だいじょうぶ。家の鍵もある。なにも忘れていない。事務所に帰るとがらんとしていた。フィルムはあす朝現像に出す。復命書も明日でいい。お疲れさんと部下をねぎらい、自転車で鉄筋四階建ての職員宿舎に帰る。玄関のスチール扉を開けると台所から調理の音がする。ハンバーグらしき匂いもする。「おかえりー」。タタタタタ。玄関へ駆け出てくる子どもの足音。

そんなものはない。

富田は靴を脱ぎ、施錠し、ドアチェーンを掛けた。手を洗いシャワーを浴び、スウェット姿で食卓に着く。大きなハンバーグが三つ湯気を立てている。

「これは?」

妻はきょとんとした顔で富田を見る。三つ焼くのはあたりまえではないか。

「だって」

しかしその後が続かない。ふたり暮らしなのだから。ふたりは俯きハンバーグに箸を入れる。そうこうしているうち思い出す。三つ目のハンバーグは二つに分けて、それぞれあすの弁当に入れるのだ。いつもそうしている。たったそれだけのことをなぜ思い出せなかったのか。富田は、草餅を三つ買って帰ったことを言い出せない。人数がぴたりと合う

——道の駅ではたしかにそう思えたのに。

夜が更ける。ふたりは布団を並べて目をつむる。ゆうべより距離が近い、小さな布団一つ分の間隔があったはずだと身体が訴える。しかし押し入れを開けるのがたまらなく恐い。

そこに子どもが布団があったらもうどうしたらよいかわからない。「ごめんね、ごめんね」妻はしくしく泣いている。いまにもはね起きて探したい。どこにもいやしない息子を半狂乱で探し回りたい。そんな衝動をふたりは押し殺す。いましも見殺しにしつつあるのだという罪悪感に耐える。ひと晩でいい。ひと晩眠ればこの感覚は消え去り、いまここで震えていることさえ覚えていまい。

富田は思う。あのフィルムはあすもまだ自分のデスクにあるだろうか。

西野と東山はきょうの現場のことを覚えているだろうか。

妹はほんとうに堕胎されたのか。

とつぜん眠気が巨大な刃物みたいに墜ちてきた。

夕(ゆふべ)の光(ひかり)

堤に燃えし陽炎は
草の何處に匿れけむ
綠は空の名となりて
雲こそ西に日を藏め

昭和四年に刊行された横瀬夜雨の詩集を古書店で求めたのは、戦後のいつだったか。改造文庫の手擦れした裏見返しに、鉛筆で８００と売り値を走り書きしてある。

小学生のころ、夜雨の詩に初めて触れた。母の持ち物とおぼしい、同じ改造文庫版であった。櫻が下の曙に　春の旅こそ終りけめ　秋は如何なる風吹きて　露より霜と結ぶらむ　行けども〳〵　歸らざる　人を送りて　野は青く　野は青くして　亂れ飛ぶ　花の行方は　まぼろしの

まぼろしの、で、ふっと途切れて、花の行方は知らぬまま諳んじていた。殯宮と題す

る一篇であった。
綴り方の時間に、真似をしてみた。夕暮れの気配を叙し、光はさみし　夕星(ゆうづつ)の　で終わりとし提出したら、最後まできちんと書きなさい、と赤入れされた。光を挟(はさ)むという表現はおかしい、言い換えなさい、という注意も添えられていた。光は淋し、と書き、ふりがなをつけて再提出し、教師の反応はおぼえていない。低学年……新入生のときだったか、手工の時間に、色紙を蝶の形に切り抜き、画用紙に貼れという課題に、水色の蝶の、胴体にのみ糊をつけ、翅は浮かせた。かそけき羽ばたきの意図は教師に通じず、雑なことはするな、隅々まで糊付けせよと叱られ、蝶は紙の上で身じろぎもしなくなった。

雲(くも)捲(ま)き上(あ)ぐる白龍(はくりう)の
角(つの)も割(さ)くべき太刀(たち)佩(は)きて
鹿鳴(かな)く山(やま)べに駒(こま)を馳(は)せ
矢(や)を鳴(な)らしゝは夢(ゆめ)なるか

夜雨の詩集が霜月に刊行されたその年の臘月に私は生をうけ、この書(ふみ)とほぼ同じ歳月を過ごしてきた。

その間、四人の佝僂を知る。詩書のみにて親しい夜雨がその一人である。三歳の時にわずらい、背骨たわみ、〈書かんもつらし言ふも憂し　終に癒えざる吾病ひ　外の見る目の恥かしき　蜘男とぞ人は呼ぶ〉。

もう一人は、開業医であった父の患者で、なぜかうちの家族と親しくなり、時折、掘り炬燵に一緒に足を入れ談笑していた。三味線の師匠で、小柄なからだに着物、か弱き男の子と母は親しみを込めて呼んでいた。薄暗い古書店の奥で店番をしていたさらなる一人とは、口をきいたことはない。書生のような若い男だった。四人目は、邦舞の温習会の楽屋で、何という仕事か、鬘師というのか、素人ばかりの出演者に鬘をつけてやる男たちの親方であった。背に大きい瘤があるから、端座した姿は炬燵櫓のように四角いが、威厳にみち、その前に膝をつき腰を浮かして指図を受ける弟子たちは苧殻に似た。

小学校で代用教員が、前に屈んだ似姿を黒板に描いた。夜雨は登校を止めた。

十八になっても、人手を——ことに母の手を——借りねば立ち居も湯浴みも叶わぬ身であった。夢路を辿る時にのみ　身の憂きことは忘れても　獨厠に通ふ時　脆きは落つる涙哉　五十路に近き母君の　あつき情にほだされて　御手を力と恃みつる　後の報のいかならん　亂燒てふこの太刀は　家の寶と傳へ聞く　いでや血汐に染めてんと　手に執りたるも幾度(いくたび)か　夜(よ)ふけて獨戸(ひとりと)を開(ひら)き　前(まへ)なる井筒(ゐづゝ)をうち眺(なが)め　いかで這(は)ひても行(ゆ)かばやと　庭(には)
に下(お)りしもいく度(たび)か

疫病の猖獗(しょうけつ)による禁足令で、卒呪の身は日々の暮らしに困難をおぼえ、昔の言葉で言えば養老院、今は老人ホームと呼ばれる場所に居を移した。終(つい)の棲家(すみか)となろう。緑繁き前庭に紫陽花の植え込みと噴水のある小(ち)さき池、ラウンジには骨董の趣のある飾り棚と人の背丈ほどもある振り子時計――「エコール」の少女たちが地下に赴(おもむ)く通路になりそうな――、居室は狭いながら居間、寝室と二部屋、身を浸すに足(た)る浴室もついており、食事と掃除はホーム任せ、買い物はスタッフに依頼でき、外出も訪客を迎えるのも自由という安楽な暮らしだが、奇妙な違和感、孤絶感が靄(もや)だつ。根づかざる仮植(かりうえ)の樹木の心地。容易(たやす)く引き抜く手こそ、死ならめ。神を欲(ほ)りするは、かかるときか。

水(みづ)に映(うつ)らふ月(つき)の影(かげ)
鏡(かがみ)にひらく花(はな)の象(かたち)
あこがれてのみ幻(まぼろし)の
中(なか)に老(お)いたる我身(わがみ)なり

横瀬夜雨、享年五十六。今であれば初老のうちにも数えられぬ齢だが、人生五十年とうたわれた当時であれば老いたりと嘆ずるも至当か。あるきっかけから中間小説誌の新人賞をいただき、書き始めたとき、私は四十を過ぎていた。定命五十。あと数年で命終わると思った。その先が長かった。

昭和四年、三十七歳の西條八十は第三詩集『美しき喪失』を上梓した。中の一篇「秋の灯」で、八十はうたう。〈養老院の　秋の灯の周辺に　さま〴〵な眼が集つてくる、老人たちの眼が集つてくる、（略）その眼は古鉈のやうに幽かに、過ぎた光栄にひらめき、その眼は紡錘のやうに哀しく、返らぬ追憶を唄ふ。（略）けれど、老いた数多の眼は　水死人が醸す不気味な水泡のやうに、いつまでも暗い室に泛つてゐる、（略）——　やがて窓から黒い夜風がきて　かれらを葩のやうに遠く吹きちらすまで。〉

壮年の詩人の修辞はかくあれど、食事時に集う老年の人々の眼は、さほど特異ではない。こぢんまりしたホームである。定員四十人ほど。半数の余を占める要介護重度の入居者の姿は見ない。フロアが違う。自立して過ごすのは男性数人、女性十何人か。決まった顔ぶれの、老女たちの眼はいまだ活気を失わず、笑い声も洩れる。老いた男たちは歓談することなく、黙々と食べ、黙々と去る。中にひときわ無愛想な男がいる。肉体の衰えを防ぐことに執心しているようで、朝食の前に必ず散歩に出かけ、その後もしばしば戸外を歩きまわっている。ある夕べ、食事の席で、彼の瞼がしきりに濡れるのを見た。理由を問う者はいない。

〈日本脱出したし　皇帝ペンギンも皇帝ペンギン飼育係りも〉〈馬を洗はば馬のたましひ冱(さ)ゆるまで人戀はば人あやむるこころ〉塚本邦雄にも、老人ホームをうたった一首がある。〈老人ホームに「鱒」は鳴りつつ老人(としより)ら刺すごとき目に竝(なら)ぶ晩餐〉シューベルトをBGMに流すホームでも、老いし人の眼はやわらがぬか。

　短歌の才も技も私は持たないが、塚本邦雄をひそかに詞藻の師と仰いだ。師のあずかり知らぬことである。塚本邦雄第一歌集はタイトルを『水葬物語』とする。死はすでにそこにあった。それとともに、彼が渦中を生きた戦争も執拗に、歌に食い込んでいる。戦争が骨に肉に食い込んだ私はそれに反応する。〈國國の眼にかこまれて繪更紗や模造眞珠をつくる平和を〉令和の今、日本の平和が模造真珠であることはあまりにも露わだ。昭和二十六年刊の『水葬物語』はすでにそれを看破していた。〈われに昏き五月始まる血を賣りて來し青年に笑みかけられて〉(装飾楽句(カデンツァ))。売血により生計を得た学生時代を、五木寛之氏は自著に記され、戸川昌子さんも売血を扱った短篇を著しておられる。善意の献血ではない。文字通り、己が身の生き血を売ってその日の糧を得る暮らしが、敗戦後の一時期、あった。

　塚本邦雄晩年の歌集『汨羅變』冒頭の一首。〈今日こそはかへりみなくて刈り拂ふ帝王貝殻細工百本〉今日よりは顧みなくて大君の醜の御楯と出で立つ吾は、と、万葉集の歌をひいた歌謡がラジオから始終流れていた敗戦間近、塚本邦雄は実際に、御楯として矢面に立たされた世代であった。付言すれば中井英夫も亦。〈航空母艦の「母」なる文字がうちつけに腥し幾人を殺せし〉〈露の夜をしき鳴くあれは「とどめ刺せ、とどめ刺せ」てふ鐵の蟲〉肩刺せ　裾刺せ　つづれ刺せと、蟋蟀が歌う。守るも攻むるも黒鉄の　浮かべる城ぞ頼みなる。軍艦行進曲が重なって、とどめ刺せとなる。戦火を知る身は哀しい。子は軍歌など知らぬままに生まれ育って欲しい。〈烏瓜の花の天網徐々にひろがりつつやがて日本臨終〉塚本邦雄の晩年の作は、平成二十九年、西暦でいえば二〇一七年刊の文庫版『塚本邦雄全歌集』第八巻で知った。逝去は二〇〇五年。疫病の惨に遇わずとも、歌人は予見していた。

　象徴派の繊細な詩人であった西條八十は、戦中、〈生命惜しまぬ　「予科練」の　意気の翼は　勝利の翼〉と鼓舞し、敗戦の四年後、映画「青い山脈」の主題歌で〈古い上衣よ

さやうなら　さみしい夢よ　さやうなら〉と、戦時の生を敝履（へいり）として捨て去った。〈青い山脈　みどりの谷へ　旅をゆく　若いわれらに　鐘が鳴る〉死んだ特攻兵のために鳴る鐘はない。サンボリスト八十の『砂金』が私の鍾愛の書であることは変わらないが。

小説誌に書き始めたころ、行きつけの喫茶店で、二十そこその若いスタッフたちと親しくなった。彼らは、何かにつけ、揃ってうちに遊びに来るようになった。つきあっている女の子たちも連れてきた。カラオケが流行っていた。彼らは指を丸めた右手をマイクがわりに、かわるがわる流行りの歌を歌った。〈あなたは男でしょ。強く生きなきゃだめなの〉〈ゆくぞアトム、ジェットの限り〉同じ年頃であった予科練、特攻の若者たちを思い重ねた。彼らはやがて結婚し、その式によばれたりした。去年だったか、まだ居を移す前、デパートの地下で買い物をしているとき、彼らの一人とたまたま出逢った。髪が薄くなっていた。仲間の一人の名をあげ、「孫ができたんですよ」と笑いながら彼は報告した。私は聴覚を失い、彼の言葉を聞き分けられない。いつも付き添ってくれている娘が、紙片に書き取って私に伝えたのだった。

ホームのエントランスは南仏の様式を真似たという。石畳のポーチに置かれた籐の長椅子に身をあずけ、赤煉瓦を積んだ隔壁の窪みから池に流れ落ち循環する水を眺めている。

映画のセットの中にいるようだ。深い植え込みが隠す柵の向こうは、車や人が行き交う往来で、街灯がともる。そこには生活がある。雑事を他人に託したホームには、「生」はうっすらとあるけれど「活」が欠如している。

月無き宵を鴨頭草の
花の上をも仄めかし
秀峰照らす紅の
光の末の白きかな

五体の力衰え寂寥に蝕まれながらも、ふみを読み、ふみを綴る力だけは未だ残されていることを夕の光に謝すとき、禱りに、それは似る。

引用の詩は、横瀬夜雨「夕の光」より

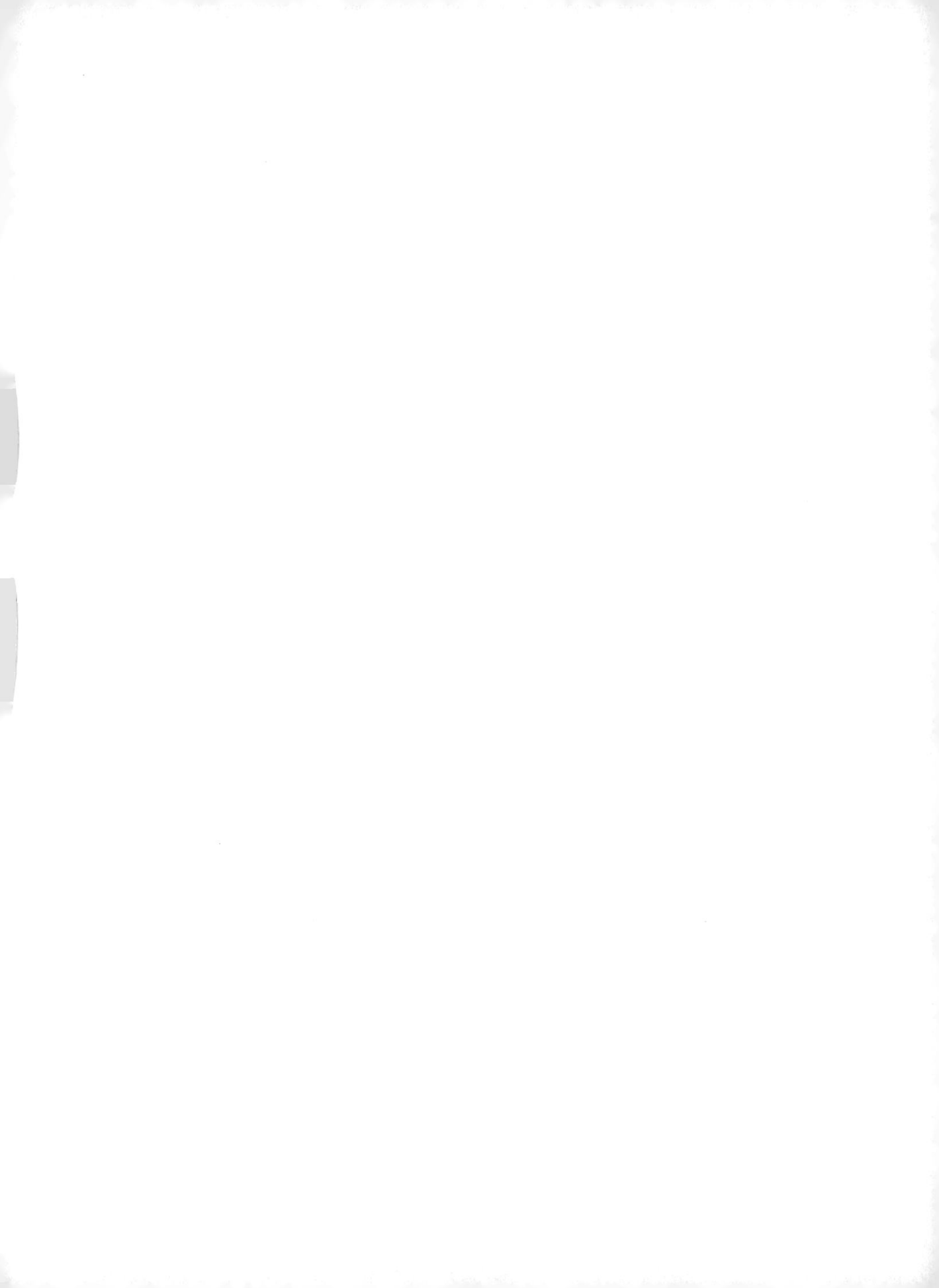

kaze no tanbun

夕暮れの草の冠

目次

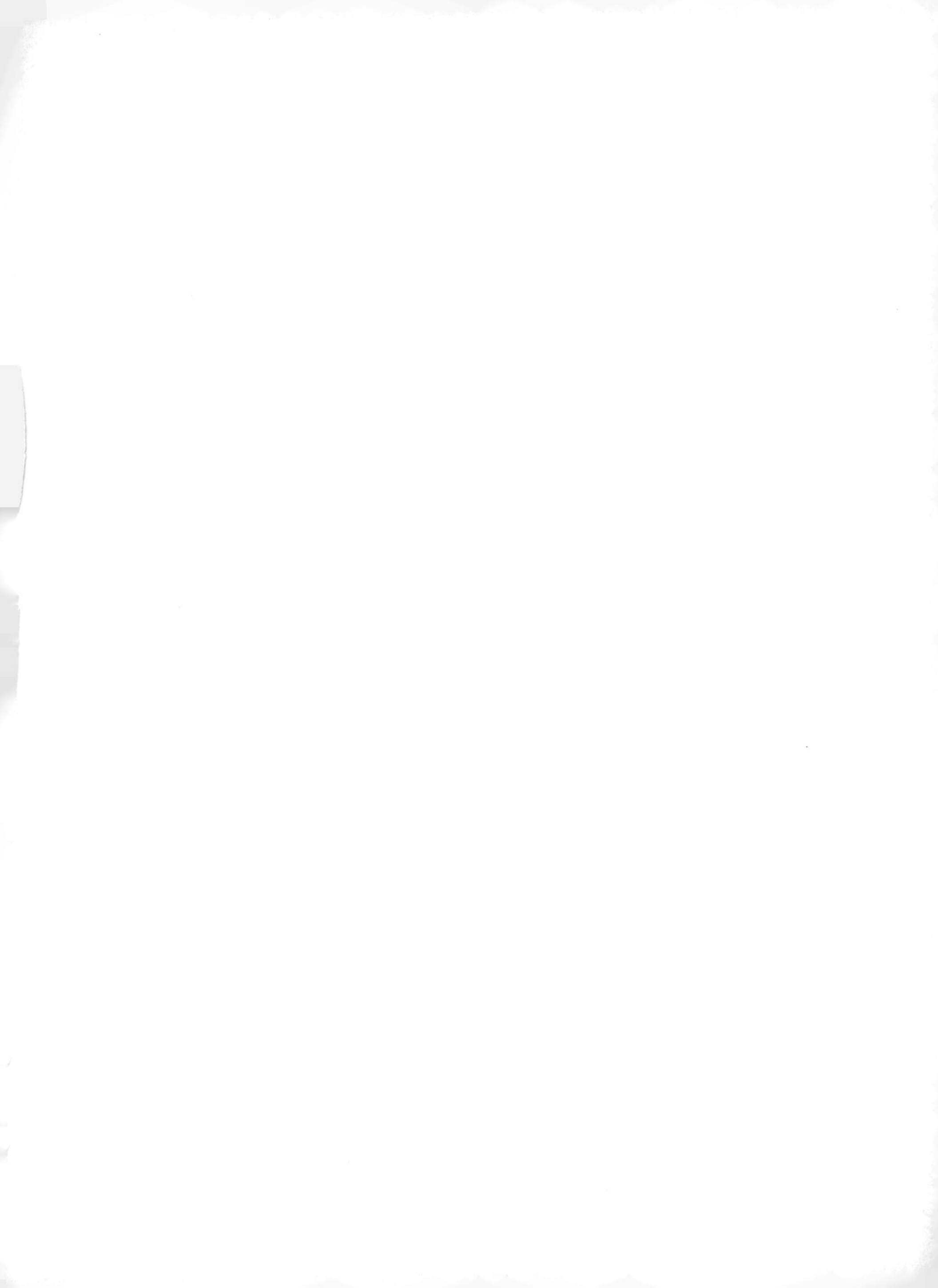

【著者紹介】

青木淳悟　あおき・じゅんご　作家

円城塔　えんじょう・とう　ものかき

大木芙沙子　おおき・ふさこ　小説家

小山田浩子　おやまだ・ひろこ　小説家

柿村将彦　かきむら・まさひこ　作家

岸本佐知子　きしもと・さちこ　翻訳家

木下古栗　きのした・ふるくり　作家

斎藤真理子　さいとう・まりこ　韓-日翻訳者

滝口悠生　たきぐち・ゆうしょう　小説家

飛浩隆　とび・ひろたか　作家

西崎憲　にしざき・けん　作家、翻訳家

蜂本みさ　はちもと・みさ　作家

早助よう子　はやすけ・ようこ　作家

日和聡子　ひわ・さとこ　詩人、作家

藤野可織　ふじの・かおり　小説家

松永美穂　まつなが・みほ　翻訳家、大学教員

皆川博子　みながわ・ひろこ　物語り紡ぎ

kaze no tanbun

夕暮れの草の冠

2021年7月10日　第1刷発行

著　者　青木淳悟
円城塔
大木芙沙子
小山田浩子
柿村将彦
岸本佐知子
木下古栗
斎藤真理子
滝口悠生
飛浩隆
西崎憲
蜂本みさ
早助よう子
日和聡子
藤野可織
松永美穂
皆川博子

発行者　富澤凡子
発行所　柏書房株式会社
〒113-0033　東京都文京区本郷2-15-13
電話（03）3830-1891（営業）
（03）3830-1894（編集）

ブックデザイン　奥定泰之
印　刷　株式会社精興社
製　本　株式会社ブックアート

ISBN978-4-7601-5283-4